# ツインソウルの旅

光明
Co-may

ビジネス社

# プロローグ――ムー帝国の沈没

「やっと会えたんだね、僕たちは……」

丈二と安奈はその澄んだ目で見つめ合い、お互いの身体を優しくいたわるように、力強く抱き合ったのです。


二人は、海を見下ろす小高い丘の上にいました。三月の東北は、厳しい冬の寒さがほころび始めたところで、空は澄み風は緩やかで、静かに波の音がささやく、とてものんびりした時間が流れています。けれども眼下に広がる平地には、そんなのんびりした景色にはそぐわない、とても凄惨《せいさん》な光景がいまだに広がっています。

見渡す限り瓦礫《がれき》で埋もれた街並みの中に、最後まで倒れることのなかった鉄筋コンクリートの建物が、ポツンポツンとまるで墓標のように屹立《きつりつ》しています。人の住む気配はなく、鳥の鳴き声も聞こえない、灰色の街並みが広がっているのです。

二年前。

東日本大震災に襲われた東北の災害救援に向かうため、丈二がバイクにまたがり宮城県石巻市に震災当日の深夜なんとかたどり着いてから、すでに十日が経っていたのです。

街の様子はあの日と何も変わらず、陸に上がった船や波に洗われてひしゃげた車、崩壊した建物の残骸がそのまま放置され、あちこちに大小の潮だまりが残っていました。

そんな街並みを眺めながら、丈二は奇妙な感覚に捉われていたのです。救助活動に汗を流しながら、ふと気づくと脳裏にある映像が繰り返し流れます。それは、いつも決まって同じ場面でした。砕ける大地、押し寄せる波、その中で翻弄される自分とそして誰かが……。

最初は何かの勘違いだと思っていたものの、そのイメージがだんだん鮮明になってくると何かのメッセージではないかと考え続けるようになりました。

そして二年の歳月が過ぎた三月十一日、唐突にその運命《とき》がやってきたのです。

かつての恋人、安奈と再会し、二人でこの岬に立った時それまでぼんやりとしていたイメージが突然、鮮明によみがえり、彼はすべてを理解したのでした。

「安奈、君だったんだね」

「ええ、やっとわかったわ。今日こうして出会うために、私たちは生まれてきたのね」

「そうだね、それにしても長い旅だった」

「本当に、あなたはいつ気づいたの？」

「つい今さ。君は？」

「私もよ、瓦礫に埋もれた街と海を見ていて」

「でも、君は今日こっちに着いたんだよね。僕は気づくまで二年かかったけど」

「きっと、二人で今日この岬に立ったからよ。それで思い出したんだわ」

「そうだね、あの時もこうして、海が見える丘の上で二人でいたんだだよね」

「そうね。遠い昔だったような気もするし、ついこの間だったような気もする。とても不思議な感じね」

二人の意識は、はるか遠い昔、今では失われた大陸に飛んでいました。

南国の澄みきった青空と、穏やかな海が見渡せる心地のよい丘で、少年と少女が向き合っている光景が見えました。ちょうど、今の二人のように。

大陸は「ムー」と呼ばれ、広大な太平洋の中心にありました。東西はイースター島からグアムまでの八〇〇〇キロ、南北はハワイからタヒチまでの五〇〇〇キロにおよぶ巨大な大陸に六四〇〇万人が暮らし、現代よりも進んだ科学や社会文化を持った文明が栄えていました。そして帝国の複数ある首都の一つは「パラオ・エルの都」です。

西暦でいうと紀元前一三〇〇〇年頃で、その文明が頂点に達し、最後の時を迎えようとしていた、第五世皇帝ラ・ムー・タスユの治世でのことです。


少年はタージといい、皇帝一族につながる家系に生まれた快活な少年です。

一方の少女はターアといい、やはり皇帝一族に生まれた少女だったのです。

それぞれ「南家」と「北家」という違いはあるものの、お互いに皇族の一族として生まれ、歳も近かったことから、幼い頃から仲むつまじく育っていたのです。

　何をするにも二人はいつも一緒で、それでいてケンカをすることもありません。お互いを慈しみ合う様子は、まるで幼い夫婦のようだと周囲も見ていて、お互いの家では、もうずいぶん前から将来の結婚相手と見なしていました。

　やがて成長し思春期になると、二人は男女として惹《ひ》かれ合っていきました。それは、あまりにも自然な成り行きでした。お互いに口には出さなくても、生まれた頃からもう二人は深く愛し合っていたからです。

　まだ若い恋人たちは無邪気に語らい、笑いあうだけで深い幸福感に満たされていました。それだけで毎日が光のように輝き、心は暖かさで包まれていたのです。いつまでもそうしていたくて、時間ができると二人は連れ立って出かけ、自分たちだけの秘密の場所で語らいました。特に南洋の青い海が見渡せる丘の上は、お気に入りの場所でした。強い日差しを遮ってくれるヤシの木陰で、爽やかな潮風を感じながら、いつも楽しい時を過ごしていたのです。


　ムーという国においては、学校教育がとても盛んなところであり、教育制度もちゃんと完備されていたのです。そこへ当然のようにタージとターアも仲良く同じ学校に通うクラスメイトです。その学校は貴族の子弟はもちろん一般市民の子弟も通う学校です。

　この学校の名称は「タスユ帝国学園」であり、創建は五代目現皇帝であるラ・ムー・タスユによってされたものです。そして現在の学園長は次期皇帝と噂されているクルス（タ－ク）が兼務しているというとても由緒あるところなのです。ただし、各学年に特別な学級があり、そこは大体貴族と一般市民の子弟が半々というクラスです。ひとクラスは男女合計で三十二名（ソウルメイト的な人数）であり、およそ十六名ずつの構成です。ちょうどよいバランスで構成されています。

そのなかでも特別な関係のタージとターアの二人を含む大の仲良し八人（ベストフレンド的な人数）がいます。それぞれ個性がとても強い人たちですが、何故か仲良しなんです。

まず男子では、ハードは、意志力と実行力がとても強く見える「眉」の太さが印象的であり、スポーツマンタイプでかつ実直で正義感があります。続いてハージは、まじめで透き通った目が印象的であり、華奢《きゃしゃ》というよりちょっと軟弱風で秀才タイプ。それでいて友情に厚いようです。最後にハーベは、自我が強いという感じの段鼻が特徴であり、どちらかというとお調子者で愛想がいいのですが、なんだかちょっと裏がありそうなタイプなのです。

女子のほうにもベストフレンドがいます。はじめにヒスは、色白でおしとやかな感じがするとともに左目の横にある「泣き黒子《ほくろ》」が印象的であり、ポチャッとしてとても可愛いタイプで、どちらかというと他人《ひと》頼りしがちなようです。そしてヒミは、正直さを表すような「キリッ」とした唇が特徴的であり、まじめでとても面倒見がいい姐御《あねご》タイプのようです。おしまいのヒメは、ちょっと熟女的な妖艶《ようえん》さを持っているとともに「ツン」とした鼻が特徴的であり、年齢の割にはとても大人の女性を醸し出しているタイプ。どうやら男女関係には興味津々なようです。

この八人は仲がよかったと思えば内輪喧嘩《うちわげんか》をしたりもしていますが、それでいて不思議に仲良しなグループなのです。本当にベストフレンドみたいに、これからのいろいろな人生を学んでいくかのようです。

その日も日課の直参を終えた二人は帰り道、いつものようにあの丘に向かいました。

でも、この時は少しだけ、いつもと違っていたのです。

タージには、ある秘めた思いがありました。それを実行しようと、ターアを丘に誘ったのです。何も知らないターアは、いつもの調子で何気なく誘いに応じ、岬までやってきて、そこでやっと、心なしか落ち着きのないタージに気づいたのでした。

「タージ、何か様子が変よ、どうしたの？」

もじもじして作り笑いを浮かべるだけのタージを、彼女はしばらく怪訝《けげん》な表情で見つめていました。やがて沈黙に耐えきれなくなったように、タージは大きく息を吐くと真剣な表情でターアに向き合いました。タージのそんな態度に少しとまどいながらも、ターアはタージが何かを言うまで黙って見つめていたのです。

「ターア」

やっとタージが口を開きました。少し緊張し、震えているようでした。

「何？」

「僕はもうすぐ兵役につく……」

「ええ、さみしくなるわね」

「なんてことはない。たったの二年だ、それに、たびたび戻ってくる」

「ええ、そうね」

「それで、二年したら兵役があけて、そしたら成人だ」

「ええ」

「君もだ、僕らは大人になる」

「そうね……ねえ、いったいどうしたの？」

「あの、その」

「何？」

「兵役があけて戻ってきたら、その時」

「その時？」

タージは緊張して次の声が出ません。

でもターアはタージが何を言おうとしているのか、もう気づいたようで、タージが次の言葉を言うまで、じっと待ち続けました。その顔からはとまどいの表情が消えて期待に満ちた明るい色に染まり、そしてタージと同じように少し震えているようです。少したって、タージはやっと口を開きました。

「戻ってきたら、その、僕と」

「僕と？」

タージは口が震えて、なかなか言葉が出てきません。それでも、絞り出すように言いました。

「結婚、してほしい」

目を固くギュッとつむって、タージはそれだけ言うと固まってしまいました。

断られたらどうしようと思うと怖くて、タージは目が開けられなかったのです。

もし目を開けた時にターアが落胆の表情を浮かべていたら、タージは気を失っていたかもしれません。それでも勇気をもって目蓋を開けると目の前には、はじけるような笑顔のターアがいました。

「ええ、喜んで」

そう言うと、ターアはタージに思い切り抱きついたのです。

その華奢な身体を抱き止めたタージは、やっとほっとして元通りの屈託ない笑顔が戻りました。

もともと、親同士で結婚の約束を交わしているのです。このまま何事もなければ、結婚するのだと二人とも思っていました。でも、タージはどうしても自分で自分の思いを伝えたかったのです。親に決められたからではなく、二人で誓い合って結ばれたかったから。

けれども、いざそのことを口にしようと思った時、タージは大きな不安に駆られました。そういえば、子どもの頃から当然のようにいつも二人でいるけれど、ターアの思いを確かめたことはありません。ターアは本当は、自分のことをどう思っているのだろう。

ここで改めて意識することで、二人の関係が壊れてしまうことはないだろうか。それだったら、このまま何となく一緒にいるほうがいい。そんな葛藤《かっとう》も、ターアの笑顔ですべてが吹き飛びました。

それから二人は、いつにもまして楽しく将来の夢を語り合いました。

永遠に、この幸せな時間が続けばいいと心から願っていたのです。

ところが、二人の短い生涯の中で最も幸せだったこの時は、大きな異変によってはかなく奪われてしまいます。突然、大地を引き裂く轟音《ごうおん》が鳴り響いたかと思うと、激しい揺れが二人を襲いました。それはすでに地震を超えて、爆発に近いものだったのです。

大地がまるで海の波のようにうねり、巨大な火柱が天高く立ち上り、地面が引き裂かれて、その裂け目にすべてのものが呑み込まれていきました。二人はあっという間に引き離され、互いの姿を確認することもできません。

タージはターアを助けようともがき、ターアもタージの姿を探し求めました。でも大地が崩壊していくすさまじいエネルギーの前ではどうすることもできず、翻弄されているところに巨大な津波が襲いかかり、次の瞬間には呑み込まれてしまったのです。

それでも意識を失う最後の瞬間まで、互いに心の中で引き離された大切な人の名を叫び続けていたのでした。

「ターア、ターア逃げるんだ、無事でいてくれ、お願いだ神様、どうかターアを助けて」

「タージ、タージ、死なないで、生きて。神様お願いです、私の命を捧げます、だから、どうかタージだけはお救いください」

大地を襲った地殻変動はあまりにも苛烈《かれつ》でした。二人の願いもむなしく、あっという間に大陸は崩壊して海の底に沈み、何もかも呑み込まれていったのです。

どれぐらい経ったでしょうか。

ターアは目を覚ましました。まだ頭がぼんやりして自分の身に何が起こっているのかすぐには理解できませんでした。

薄目を開けてまわりを見渡すと、やわらかい光に包まれた、とても心地のよい所に寝かされているることがわかりました。あまりにも気持ちよくて、ふと気を抜くともうひと眠りしたい衝動に駆られてしまいそうでした。

けれども心の中では、「起きなくては、捜さなくては」という声がどこからともなく聞こえてきます。その声に急かされ、ターアは重い目蓋を開け、肘《ひじ》を支えにしてぐっと半身を起こしました。するとと、いつの間にか、この上なく優しいオーラに包まれた女性が、ほほ笑みを浮かべてそこに立っていました。

「あなたは……?」

「まだ思い出せないようね。まあ、しかたないでしょう。私は、ここの管理人みたいなものです」

「管理人……ここは、どこですか?」

「わかりやすく言えば、霊界の入り口といったところかしら」

「霊界ですって!? そんなばかな」

急に記憶がよみがえったターアは、とっさに自分の身体のあちこちをまさぐり始めました。何ともない、おかしい、自分は天変地異に巻き込まれて死んだはずなのに。

次の瞬間には、もっと大事なことを思い出したのです。

「タージ、そうよ、タージ！　タージを探さなくちゃ」

慌てているターアを女性は静かになだめました。

「落ち着いて。もうすべて済んだのですよ」

「済んだとは、どういうことでしょうか」

「あなたにとって、ターアとして暮らした生涯は終わったのです。それにタージも」

「そんな、嘘です。信じられません。私は今こうしてここにいるのに。とにかく、行かなくてはなりません」

「行くって、どこへです？」

「パラオ・エルの都です。戻ってタージを探さなくては」

すると、女性はやさしくほほ笑みながらも、悲しげな眼差しで首を横に振りました。

「あなたたちが暮らした大地はもうありません。大変動で海に沈みました。わずかに崩壊を免れた土地もありますが、いずれにせよあなたがそこに戻ることはもうできないのです」

「なぜです？」

「もう、今回の地上での役割は終えたからです。あなたもタージも、すでに肉体的な死を迎えたので、霊界の住人として暮らす準備をしなければなりません」

「とても信じられませんが……たとえそうだとしても、私は、どうしてもタージを捜さなくてはいけないのです」

「ええ、そうでしょうね」

「たとえ何があってもあの方を失うことはできないのです。自分の身体の一部のようで、好きとか、愛しいとか、そのような感情はもはや超越して、もっと深いもののような、とにかく私たちは二人でいなくてはいけないのです、彼と一緒でなければならないのです」

　すると女性はにっこり、ほほ笑んで言いました。

「それは当然ね。なぜなら、あなたたちはツインソウルだからです」

「ツインソウル？」

「地上でターアとして生きたあなたと、タージとして生きた彼は、もともと一つの魂でした。そのはるか昔から、たびたび地上に降りて魂の修行をしていたのですが、今回はただの修行ではありません。六次元に次元上昇するための特別な修行で、二つの魂に分かれて旅をする必要があるのです」

「魂の修行に次元上昇ですか？」

「おやおや、まだ思い出せませんか？　しかたありませんね。じゃあ、わかりやすくお話ししてさしあげましょう……」

　ツインソウル……一つの魂が何らかの理由で二つに分かれ、輪廻転生《りんねてんしょう》を通して深い愛の試練を受け、それを乗り越えて修行が完了した時、もとの一つの魂に戻り、次元上昇します。それが、ツインソウルの旅です。

　このため、二つの魂は何度、輪廻転生しても必ず同時代の同地域に生まれ変わる運命にあります。たいていは、男と女として運命的に出会い、愛し合います。またある時には人生にとってかけがえのない盟友として登場し、あるいは強い絆で結ばれた親子、兄弟・姉妹としてそれぞれの人生を送るのです。

もともとは同じ一つの魂なので、そうとは気づかなくても、まるで相手を自分の身体の一部のように感じ、まさに二人で一人という感覚になります。

でも、用意された試練が二人を待ち受けています。互いのことを純粋に思いながらも、時代の大きなうねりに翻弄され、その中で愛と裏切りを経験し、プラスとマイナスの試練を経て魂が磨かれ、その修行が完了した時、自分たちがツインソウルであったことに気づきます。

その後の現世では満ち足りた生涯を送り、天寿をまっとうして霊界に上がると二人の魂が混じり合い、合体して次元上昇するのです。


「わかりましたか。ターアとして生きた人生は終わりました」

「もうタージには会えないのですね」

「そうです。でも心配しないで、これからです。まだすべては始まったばかりです」

「次に生まれ変わった時にタージと出会えますか。つまり、その生まれ変わりと」

「ええ必ず。あなたたちは、これから何度も出会いと別れを繰り返すでしょう」

「出会ってもまた離れ離れになるのですね」

「ええ、それは用意された試練なのです。何度も繰り返し愛の試練を受け、その試練が苦しければ苦しいほど魂は磨かれます。やがて真実の愛に到達した時、二人は本当の意味で一つになり、至福の場所へと導かれるのです」

「いつかはたどり着くのですね」

「ええ、その時はやがてやってきます。何度失敗しても諦めることはありません。チャンスは無限にあります。いつの日か必ず真実の愛に到達するでしょう。その時までしばらくの辛抱です」

ターアはゆっくりと女性の言葉をかみしめていました。聞いているうちに、ターアだった頃の感情は徐々に薄れていき、霊界の記憶がよみがえってきたからです。

――そう、大丈夫よ。悲観することは何もないのだわ。何もかも、まだ始まったばかりなのですから――。

## 五十嵐丈二
（いがらし・じょうじ）

①ムー：タージ…皇帝一族に属する青年貴族、貴族名は「タ行」で命名される
②ローマ：ゲオルグ…没落貴族の子弟
③パリ：ジョルジュ…パリ商人の息子
④東京：丈二（ジョージ）…東京下町生まれ、ファンド会社経営
★「George」…ラテン語ゲオルグ、仏語ジョルジュ、英語ジョージ、独語ゲオルク

## ソウル

## 秋川里沙（あきかわ・りさ）

ソウルメイト 6

①ムー：ヒミ…一般市民階級同級生
②ローマ：男性として「クラックス」息子…魂は女性と男性の比率が半々
③パリ：エレーヌ…貴族の妻でありサロン経営者
④東京：アイ…安奈の上級生であり部活の部長、レストランなどのオーナー

**ソウルメイト**
**≒ 厳密には「ベストフレンド」**

## 山口アイ
（やまぐち・あい）

ソウルメイト 5

①ムー：ヒミ…一般市民階級同級生
②ローマ：男性として「クラックス」息子…魂は女性と男性の比率が半々
③パリ：エレーヌ…貴族の妻でありサロン経営者
④東京：アイ…安奈の上級生であり部活の部長、レストランなどのオーナー

## 立川恵美
（たちかわ・めぐみ）

ソウルメイト 4

①ムー：ヒス…一般市民階級同級生、女性名は「ヒ行」で命名される
②ローマ：アテナ…やさしく美しいエジプト女性、妻
③パリ：マリア…可愛いウクライナ女性・愛人
④東京：恵美（メグミ）…立川正人の姉であり安奈の上級生、歯科医師

## 山本富士子
（やまもと・ふじこ）

…天界・霊界案内人

①天界：管理人アリエール ≒ 本当は「大天使ウリエル」
②ローマ： ルマニア…お手伝いのおばあさん、元々アンネの乳母
③パリ：ロベール…フランス軍士官学校の恩師・先生
④東京：富士子（フジコ）…安奈の母方おばあさん、仙台在住で被災・行方不明
また、分割魂として一時的には丈二の母親「五十嵐峰子（イガラシ・ミネコ）」も兼務

## 登場人物一覧

### 立川正人（たちかわ・まさと）

ソウルメイト2

①ムー：ハージ…一般市民階級同級生
②ローマ：ヨハネス…民衆政治を考える青年
この間、英国：宗教（ユグノーなど）戦争時代に「マシュー」
③パリ：ジャン…母を支える息子（長男）
④東京：正人（マサト）…丈二の同級生で精神科医院を継ぐ、文筆活動も実施

### 藤ヶ崎明（ふじがさき・あきら）

ソウルメイト3

①ムー：ハーベ…一般市民階級同級生
②ローマ：ベントニウス…ローマ兵そして商人
③パリ：ベルナール…新興商人
④東京：明（アキラ）…丈二の同級生小規模飲食店チェーンのオーナー

### 津島安奈（つしま・あんな）

①ムー：ターア…皇帝一族に属する貴族令嬢
②ローマ：アンネ…元老院の娘
③パリ：アンヌ…地方貴族の娘
④東京：安奈（アンナ）…東京山手生まれ、レストランのビジネスパートナー
★「Anna」…ラテン語アンネ、仏語アンヌ、英語アンナ、独語アンナ・アナ

### 歴史上の人物

**①ムー帝国　BC13000年頃**
▶ 最後の皇帝ラ・ムー（タスユ）
▶ 新生（縄文日本）王　クルス（ターク）
→ 本来は二人で「ノア」となる。
**②ローマ帝国　BC50年頃**
▶ ガイウス・ユリアス・カエサル（ジュリアス・シーザー）
▶ クレオパトラ・プトレマイオス…エジプト女王、シーザー後にアントニウスの愛人
▶ マルクス・アントニウス…シーザーの従兄弟の子、オクタビアヌスの姉の夫
▶ ガイウス・オクタビアヌス・トリヌス…初代ローマ皇帝、シーザーの姪の子
**③フランス帝国　1800年頃**
▶ ナポレオン・ボナパルト…ナポレオン皇帝
▶ マリー＝ジョゼフ・ドゥ・ラ・ファイエット…フランス革命時の有力な指導者

### 榊原亮（さかきばら・りょう）

ソウルメイト1

①ムー：ハード…一般市民階級の同級生、男性名は「ハ行」で命名される
②ローマ：アルベルト…ゲルマン騎兵の隊長
この間、英国：宗教（ユグノーなど）戦争時代に「リチャード」
③パリ：アントニオ…優秀な青年将校
④東京：亮（リョウ）…金融工学の准教授、じ後金融会社を設立

ツイン

# 目　次

プロローグ——ムー帝国の沈没 …… 002
登場人物一覧 …… 016
第一章　「第一都」ローマの物語
第一節　偉大なるローマそしてガリアとの戦い …… 020
第二節　ローマの愛欲 …… 047
第三節　ローマからエジプト「アントニウスの戦い」…… 059
第四節　エジプトに散る …… 075
第五節　アリエールとの対話 …… 103

第二章　「第二都」パリの物語
第一節　花の都パリ …… 116
第二節　熱きパリロワイヤル …… 127
第三節　シャンゼリゼ裏通り …… 141
第四節　凍てつくモスクワ …… 158
第五節　それでもパリに生きる …… 175

第三章　「第三都」東京の物語
第一節　下町の深川と山の手 …… 194
第二節　大学のキャンパスで …… 213
第三節　仕事・使命？…そして「生かされている」…… 228
第四節　時空を超えた愛の証 …… 250

エピローグ …… 258

第一章

# 「第一都」ローマの物語

## 第一節　偉大なるローマそしてガリアとの戦い

最初の王、ロームルスが街を建設したのはパルティヌスの丘でした。そこを中心にしたティベリス川沿いには、いくつかの低い丘があります。

街が建設され、人々がこの地に集まってくると、たびたび氾濫する川の水害から家や畑を守るために、人々は丘に登って定住を始めました。やがて、それぞれの丘には、住みついた人たちの子孫が繁栄して独自の文化を築いていきました。

建国された頃は、外周わずか三キロメートルほどの小さな国で、人口も数千人しかいなかったでしょう。けれども、この小さな国家は、人類史上かつてない大帝国の礎《いしずえ》となりました。ローマは、その最盛期にはヨーロッパ大陸のほとんどと、地中海沿岸地域、中東からアフリカ北部までの広大な領土を有していました。

建国から帝国の終焉《しゅうえん》まで一三〇〇年間という途方もない歴史を紡《つむ》いだ、人類史上比類のない巨大国家となったのです。その中心には、常に七つの丘がありました。後に、世界帝国として発展していった時にさまざまな多民族がローマに流れ込んでも、常に帝国の中心地であり続け、多くの人材を輩出したのです。

王政を打倒して共和制ローマ誕生の立役者になったルキウス・ユニウス・ブルートゥス、マケドニア戦争の英雄ハンニバル、そして共和政末期から帝政への流れをつくったポンペイウス、カエサル、オクタビアヌス、帝政時代の五賢帝や暴君ネロ……数多《あまた》の英雄が、ここ「ローマの七丘」から生まれました。
　そして、そのとき同時に、名もない多くの人々が生まれて死んでいったのです。

　その人たちは、歴史に名を刻むことはなかったものの、それぞれが使命を帯びて生まれ、そうして自らに課せられた使命を果たすために一生を賭しました。

　無駄に費やされた生涯などというものは何一つありません。一つひとつの名もなき生のどれが欠けても歴史はつくられませんでした。歴史をつくってきたのは英雄ではなく、名もなき生の集合体なのです。


　これから語るのは、歴史に名を残すことのなかった数多くの人たちのうち、ある男女の物語です。

　一人は、パルティヌスの丘で代々暮らす、名門貴族の家に生まれた女性。

　もう一人は、パルティヌスの丘から少し離れたチェリオの丘で暮らしていた、没落した貧しい貴族の家に生まれた男性でした。

　生まれた日も、生まれた場所も違う二人は、やがて運命に導かれるように出会うことになります。


　春の風が、どこか遠い所から花の便りを届けてくれる穏やかな午後、のどかな田舎町の風景には似つかわしくない屈強な男たちの群れが、汗と埃にまみれて格闘を繰り広げていました。

　みな丸裸で片手には剣を、もう片手には盾を構え、互いに剣をぶんぶんと振り回しています。剣と盾がこすれ合う、鋭い「カン、カン！」という乾いた音と、男たちの荒々しい息遣いだけが響いていました。時折、剣が盾の防御をすり抜けて、相手の男の身体に当たると「バシン！」という鈍く重い音がします。打たれた男は、うめき声を上げてその場にうずくまるものの切られてはいません。剣は木製の摸造刀だからです。

けれども摸造刀とはいえ、堅い樫《かし》の木から削りだされた重い切っ先は、振り出される時の遠心力でより威力を増し、筋肉で覆われた男たちの肉体を容赦なく痛めつけます。剣が打ち込まれた皮膚は、みるみる真っ赤になって腫れ上がっていきました。

見ると男たちの身体には、あざや擦り傷が無数にできています。そこに新たな傷を負った男は、しばし痛みに悶絶しましたが、すぐに立ち上がり何事もなかったようにまた剣をふるい始めました。

ここは、ローマから北に四〇〇キロ離れた国境の街。ガリアとの境にあり、軍の駐屯地が置かれています。ルビコン川を越えてローマ領内に軍団を入れてはならないという共和国法のため、軍団の本体は国境の外に駐屯することになっていました。

志願してきた若い兵士たちは、戦闘に備えてみっちりと鍛えあげられます。そして今、まさにローマ軍はガリアへの遠征にそなえて訓練の真っ最中でした。

戦に出れば貧困から抜け出し、栄光を手にできるチャンスが待っています。そのためには何はともあれ、戦闘で生き延びなければなりません。訓練を怠れば自分の命が危険にさらされるだけですから、誰も文句を言わず、黙々と剣をふるうのです。

その中に、ひときわ背の高いまだ若い青年がいました。真っ青な瞳に金髪、そして赤らんだほおをした、どこかゲルマン系を思わせる風貌からラテン人との混血のようでした。名をゲオルグといいます。

彼もまた、体に無数の青あざや擦り傷をつくっていました。

実年齢は見た目より若く、まだ少年と呼んでもよいぐらいですが、厳しい訓練の毎日でたくましく成長していました。

ガリア征服のためカエサルが新たな軍団を創設したとき、軍団に志願することを決めたつい数か月前の出来事が、まるで遠い昔のようでした。


この頃のゲオルグは、いつも遊び場にしていたチェリオの丘はずれにある森の中で、幼なじみの仲間と狩りに興じるのが常でした。同年代に比べれば、比較的体格に恵まれていたぐらいで、どこにでもいる普通の気のいい青年でした。

「そっちに逃げて行ったぞ、ベントニウス！」

ラテン人らしい彫りの深い面長の顔立ち、特に澄み切った目が特徴のまだ少年のようなあどけなさが残る青年が大きな声を張り上げました。

すると深い茂みの中を、黒い影が猛烈な勢いで疾走していきます。その先には別の青年が待ち構えていました。

「よし、いいぞ、ヨハネス。後は任せておけ」

黒い髪にとがった鷲鼻《わしばな》あるいは段鼻が特徴的な美しい青年、ベントニウスは槍を構えて黒い影を待ち構えました。ところが勢いよく走り抜けると思われた影が、一瞬ふっと気配を消したのです。

「あれ？　ど、どこに行った」

タイミングを外されたベントニウスがとまどった瞬間をまるで狙いすましたように、黒い影は突然茂みから飛び出したかと思うと、いきなり彼の懐に飛び込んできました。

「うわっ！」

とっさによけたのがよかったようです。もし黒い影の突進をまともに受けていたら、突き飛ばされるだけではすまなかったでしょう。身体をかすめただけで、ベントニウスは衝撃にひっくり返りました。

「大丈夫か、ベントニウス」

その様子に気づいたヨハネスが声をかけました。ベントニウスは勢いで尻餅をついただけで難を逃れたのです。

「こっちは大丈夫だ。それより今度は下手に行ったぞ。ゲオルグのほうだ」

ヨハネスが下手を見ると、確かに、例の黒い影が茂みに覆われた崖をすごい勢いで駆け下りていく様が見てとれました。

その先には、背の高い若者が仁王立ちで待ち構えています。ゲオルグです。

「ゲオルグ、そっちに行くぞ」

ヨハネスが叫ぶと、起き上がってきたベントニウスも続けざまに叫びました。

「だめだ、ゲオルグ！　逃げろ。そいつは懐に飛び込んでくるぞ」

叫び終わるやいなや、自分も崖を駆け下りはじめました。ヨハネスもそれに続きましたが、急峻な上に茂みに覆われているためうまく進めません。

「逃げろ！　あっ、畜生！　もう、どうしたら、ゲ、ゲオルグ！」

ベントニウスは、駆け下りながら叫びますが、慌てているのでほとんど言葉になりません。崖の下で黒い影を待ち構えるゲオルグに届くはずもないのに、それでも叫ばずにはいられませんでした。

そうこうしているうちに、黒い影はあっという間に崖を駆け下り、ゲオルグの目前に到達すると茂みの中から勢いよく飛び出し、その胸元に飛び込んでいきました。

それは崖を駆け下りた勢いがついている分、先ほどベントニウスが受けた衝撃とは比較になりません。

一瞬ベントニウスとヨハネスには、時間が止まっているように見えました。それまで目にも留まらぬ速さで茂みの中を疾走していた黒い影の輪郭が、一瞬ですがはっきりと見えたのです。日の光に照らされたそれは、一メートルはあろうかという雄イノシシでした。

次の瞬間、ゲオルグは胸元に飛び込んできたイノシシを両腕で抱き込むように抱え上げると、見事な身のこなしで左側にいなし、そのままの勢いで地面にたたきつけました。すかさず、目にもとまらぬ早業でイノシシを組み伏せると、手に持った短刀で心臓を貫いたのです。四脚をピンと反り返らせてけいれんしながら断末魔の雄たけびを上げるイノシシ。やがて雄たけびの息が細くなって途切れると、ぐったりとしてそのまま動かなくなりました。

イノシシの絶命を確認したゲオルグは、その体からそっと手を離し、ゆっくりと立ち上がりました。

　遅れてやってきたベントニウスとヨハネスは、しばしあっけにとられた様子で無言でした。それでもイノシシの顔を恐る恐るのぞき込み動かないことを確認すると、まるで少年のような甲高い歓声を上げました。

「ひょー！　やったぜ、ゲオルグ」

「こんなでかいイノシシを投げ飛ばしやがった。なんてやつだ」

　三人はイノシシの体を取り囲んで歓喜に沸きました。緊張の糸が途切れたのでしょう、やたらにはしゃぎ、何がおかしいのか意味もなく笑い転げ、そうしていつまでも無邪気に騒いでいました。


　やがて、はしゃぎ疲れると、三人はその場に寝転んで空を仰ぎました。その目はどこか悲しそうでした。

「こうして三人で狩りをするのも、これが最後かもな」

　沈黙を破るように、ベントニウスが口を開きました。

「なあ、二人とも本当に行くのか」

　ヨハネスが、ベントニウスの独り言に答える代わりにそう言いました。

「ああ、もう決めたんだ。なあ、ゲオルグ」

　ベントニウスの問いかけにゲオルグは何も言わず、寝転んだまま黙って空を見上げていました。

「新兵は最前線に送られるんだ、死にに行くようなものだよ。せめて騎兵隊に入れないか。ゲオルグ、君なんか貴族の出身なんだから何とかなるんじゃないか。だいたい……」
「いやあ、没落した貴族にそんな特権はないよ。一族を再興し、再び栄誉を取り戻すためには命を賭《か》けるしかないのさ」

ゲオルグは、ヨハネスの言葉をさえぎってそう言い放ちました。

「そういうことさ」

ベントニウスも同調します。

それでもヨハネスは食い下がりました。

「なあ君たち、このローマにいたってできることはたくさんある。僕たちはローマを離れたらいけない、ここでやるべきことがある、そんな気がするんだ」

「それは、お前だけだろう。このローマで俺たちを待っているのは絶望だけだ。俺たちの未来は戦場にしかないのさ」

ベントニウスが言い返したところで、ゲオルグは急に立ち上がり、丘の上から下界が見渡せる崖の突端に立ちました。

そこからは、ほかの六つの丘と、その下に広がるローマの街が一望できました。立派な邸宅が並ぶ丘の上の街並みとは対照的に、谷間に広がる低地の街にはバラックのような小さな建物が幾重にも積み重なるように並んでいるのが見えます。

「見てみろ、ヨハネス。これが、貴族たちの見る景色だ。この国は世界一豊かだが、それはこの丘の上だけだ。ここから見下ろす下界に住んでいる平民は、農地を奪われて小作人として大地主にこき使われて、奴隷と変わらぬ日々を送っている。ここから抜け出すには、自分の足で這い上がるしかないんだ」

遠くを見るゲオルグの横顔を見つめ、ヨハネスはもうそれ以上何も言えずに黙りこくってしまいました。

故郷に残してきた友の思い出がよぎった時ふいに兵舎の外から聞こえる喧騒が耳に入りました。どうも営舎の外で、数人の男たちがもめているようです。

ゲオルグがここに来てから、ケンカ沙汰は軍団の中で日常茶飯事でした。国境近くの駐屯地に集められた兵士の間には、うっぷんがたまっています。みな若く、訓練ばかりの生活に退屈しているうえに、そもそも職にあぶれて貧民街ですさんだ生活を送っていた連中も少なくありません。

ほんのささいなことでも、すぐケンカになり、いざこざの種には事欠かないのです。肩が触れ合った、目が合ったと言ってはつかみあい、時には仲間を巻き込んでの乱闘になるのです。もう珍しくもありませんでしたが、他の兵士たちにつられてゲオルグも外に出てみました。すると案の定、数人ずつの男たちのグループが対峙《たいじ》しています。

ところが、どうも様子がおかしいのです。

「おいおい、第十軍団相手にからまれて、あいつらも気の毒だな」

周囲の者がささやき合っています。

第十軍団。それは、ローマ最強を誇るカエサル軍団の中でも、幾多の死地をくぐり抜けた歴戦の猛者だけで集めた特別な存在でした。

恐れを知らず、人を殺すことをためらわない非情な殺戮《さつりく》者たちであり、道理の通じる相手ではありません。同じ軍団同士とはいえ、ケンカになれば何をしてくるかわからないのです。

「さっさと逃げればいいんだ」

第十軍団相手にまともにケンカを売ろうとするほうがどうかしているのです。周りの連中も高みの見物を決め込んでいます。

ゲオルグも黙ってその場を去ろうとしました。

ところが、その時、男たちの中に見知った顔を見つけてしまったのです。

「ベントニウス？」

それは、同郷の友人で一緒にカエサル軍に志願してきた、あのベントニウスに違いありませんでした。ベントニウスのことだから、仲間にあおられてしかたなく虚勢を張って引っ込みがつかなくなっているのだろう。

それにしても、あまりに無謀だ。下手をしたら殺されかねない。

「何やってんだ、あいつは。もう、しょうがないな」

悪態をつきながらも、ゲオルグは友人を助けるため、にらみ合う両者の間に割って入りました。

「そろそろ解散したほうがいいんじゃないか。騒ぎを聞きつけて衛兵が来る頃だぞ」

にらみ合う男たちの動きがぴたりと止まりました。

軍内の暴力沙汰が日常茶飯事とはいえ、見つかればもちろんただではすみません。理由のいかんにかかわらず罰せられます。

男たちは表面では虚勢を張りながら、心の中では「誰か仲裁に入ってくれないか」と思っているものです。案の定、ゲオルグの仲裁をきっかけに、双方そのままおとなしくその場を立ち去ろうとしました。ほっとした様子のベントニウスが、相手に聞こえないように、そっと耳打ちしました。

「助かったよ、ゲオルグ」

ゲオルグも声には出さず、表情としぐさで「まあ、いいさ」と笑って返しました。

「ちえっ、なんだ、終わりかよ」

まわりの野次馬も口々にため息をもらして散り散りになり、その場には白けたムードが漂いました。このまま、何事もなくもめ事が収まるところだったのです。


ところが相手の男の一言が、大きくその場の流れを変えてしまいました。

「おい、おまえ、ユニウス・トゥルスのとこの息子じゃないか」

ふいに言われてゲオルグは青ざめました。ベントニウス以外に自分の素姓を知る人間はここにはいないはずでした。それは、彼にとって最も知られたくないことだったのです。

言葉に詰まって何も言えないでいると、男が続けました。

「やっぱりそうだトゥルスの息子だ。屋敷で何度か会っただろう、お前の親父の部下だった。覚えてないか？　こんな所で会うとは奇遇だな。お互い落ちる先は一緒ってことだ」

その様子を見て、男の仲間が問いかけました。

「なんだ、顔見知りか？」

「こいつの父親の部下だったんだが、そのおやじが欲に目がくらんだおかげで、俺もこんな辺境まで飛ばされちまった」

その言葉にゲオルグの目の色が変わりました。

「おい、お前、いま何と言った」

男はゲオルグの威圧にまったく動じることなく、鼻で笑っています。

「なんだ小僧」

「父のことを侮辱したな」

「だから何だっていうんだ」

ゲオルグの顔色がますます変わっていくのを見て、今度はベントニウスがあわてました。ゲオルグは父親のことになると見境がなくなる。こうなったらただではすまない。

「おいよせ、ゲオルグ……」

ベントニウスが制止しようとした時には、もう相手が手を出していました。

「新兵のくせに生意気なんだよ」

つかみかかろうとする相手の手よりも、ゲオルグの動きが一瞬早かったようです。男の手をはらいのけようと、とっさに出した拳が男の顔面を捉えたのです。さほど腰の据わった拳ではなかったものの、絶妙のタイミングで繰り出されたことで、男を地面に沈めるのに十分な威力を持っていました。ふいをつかれた男は、がくんと膝からくずれおちます。

「いいぞー！　やれやれ」

解散しかけていた野次馬たちも一気にヒートアップしました。

「野郎、何しやがる」

仲間を倒された兵士たちが、血相を変えてゲオルグに向かってきました。

ゲオルグも迎え撃ち、一人、二人と殴り倒しますが、数人が一斉に飛びかかってくると、さすがに身動きがとれません。あわててベントニウスたちも応戦し、両者入り乱れての乱闘へと一気に突入していきました。

四方を石組の壁に囲まれて、唯一の出入り口である天井には頑丈な木材が格子状に組まれていました。その天井からは、暖かくなり始めた春の陽がわずかに差し込んでいます。そんな穴倉のような暗い牢の片隅で、ゲオルグは膝を抱えてじっとうずくまっていました。もう三日はここに閉じ込められているでしょう。その間、訪ねてくる者はなく、食事はおろか、水さえ与えられません。そのうえ投獄される前には、すでにムチ打ちの罰が与えられています。

皮膚は赤く腫れ、ところどころ裂けて血が流れた跡があるのに、治療もされないまま放置されています。すでに化膿しているので相当痛いでしょうし、高熱も出ているでしょう。このままでは、いかに屈強な兵士といえども、感染症で命を落としかねません。しかし、それも軍規違反に対する罰の一つなのです。

あくまでも反省を促すための処分ですが、苛酷な仕打ちに耐えかねて半狂乱になるものもいれば、傷がもとで死に至るものもいます。命知らずの屈強な兵士でさえ音を上げる地獄の反省房なのです。

ここでいたずらに暴れても死を早めるだけです。体力の消耗を防ぐため、許しが出るまで何日でもじっとしているしかありませんでした。


そうして痛みと高熱を耐え忍び、さらに二日も経った頃、ふと格子窓から降り注ぐ光が何かにさえぎられた気がして、ゲオルグは伏せていた顔をゆっくりと上げました。

すると、そこには、一人の男がゲオルグを見下ろしていました。

逆光《ぎゃっこう》になって顔はよく見えませんでしたが、輪郭からでさえ異様に発達した筋肉の筋の一本一本が見て取れるほどです。この男は、相当に鍛え上げられた猛者《もさ》であることは一目でわかったのです。

男は、ゲオルグが自分に気づいたのを見て、おもむろに口を開きました。

「おまえ、新兵にしちゃあ、やるな。相手は第十軍団の荒くれ者だぞ。それも五人を相手にしてぴんぴんしている。普通なら殺されるところだ」

ゲオルグが何も言わないでいると、男は続けました。

「だが、相手を半殺しにするのはやり過ぎだ。あと二日はここから出られんな」

「やらなきゃ、俺がやられてた」

ゲオルグは、それだけぼそっと言い返しました。

「そうだな。でも軍規違反だからしかたない、おとなしく耐えるんだな」

「あんたは、誰だ?」

「俺か?　俺はアントニウスだ」

アントニウス――。その名はゲオルグも知っていました。軍団随一の猛将であり、カエサルの腹心です。本来なら、新兵のゲオルグが直接会うことなどない雲上人でした。

「大将軍が規律違反の新兵なんかに何の用でしょう」

意外な人物の来訪にとまどいながらも、捨て鉢になっていたゲオルグは、いささかぶっきらぼうに言い放ちました。

「聞いたよ。おまえは、貴族の出身だそうだな。それなのに、軽装歩兵に志願するっていう根性が気に入った」

ローマ兵には、街のゴロツキや属州地域の異民族など多くの人々が参加していますが、その中には元老院の子弟など貴族の出身者も少なくありませんでした。市民の人気を得るために軍歴が必要だったからですが、もっとも危ない最前線に送られる軽装歩兵は避けるのが常だったのです。

「根性じゃありません。そうするしかなかった」

「まあ、いいさ。お前、ここを出たら俺の部隊に来い」

その言葉にゲオルグは驚きました。

軍内でケンカ沙汰を起こしたうえ、相手に瀕死の重傷を負わせてしまったゲオルグは、戦闘に参加することも許されない後方部隊にまわされるか、悪くすれば軍団からの追放もありえました。一族の栄誉を取り戻すため、故郷を捨てて軍団に参加したのに、まだ戦場にさえ行っていない段階でみすみすチャンスを逃すことになるかもしれません。そんな自分を、アントニウスは使ってくれるというのです。

にわかに信じがたい話に何も言えないでいると、アントニウスは、

「規律違反なんてくそくらえさ、根性のあるやつは誰だって大歓迎だ。いいか、ここを出たら真っ先に俺を訪ねてくるんだぞ」

そう言い残して牢の前から去っていきました。

ゲオルグにとって、アントニウスの誘いはまさに福音でした。

「俺はやる。見てろ、命なんか惜しくない。父を陥れたやつらを、俺たちをバカにしたやつらを見返すんだ」

アントニウスが去ったあと、一人残された独房で、まるで自分自身に言い聞かせるようにゲオルグは力強く叫びました。

もうもうと立ちこめる煙、飛び交う怒号、金属のはぜる音、そして死んだばかりの人体が放つ、なんとも胸くその悪い強烈な臭いがあたりに充満しているのが戦場です。

ガリア最後の将である、アルウェルニ族のウェルキンゲトリクスをアレシアの砦に追い詰めていたローマ軍でしたが、戦況は拮抗《きっこう》していました。

ウェルキンゲトリクスが逃げ込んだアレシアは天然砦に支えられた難攻不落の要塞都市です。要

塞の周囲を一八キロにわたってぐるりと囲む大包囲線をつくり、兵糧攻めにしたカエサルでしたが、ウェルキンゲトリクスも必死です。砦を落とされたらもう後はない。仲間の一族に救援を求めました。従兄弟であるウェルカッシウェラウヌスがこれに応えローマの侵略に苦い思いをしていたガリアの諸部族を集めて、なんと二十万を超える大部隊を編成して救援に駆けつけたのです。

この動きを知ったカエサル軍は、包囲線のさらに外周をもう一本の包囲線で囲み、救援部隊のアレシアへの進入を防ぐ新たな大包囲網をつくったのですが、地形的な都合でどうしても土塁が築けない包囲線の穴があり、その弱点を敵に知られたため、ウェルカッシウェラウヌス率いる大部隊の総攻撃を受けていました。

包囲線の途切れたわずかな隙間から攻め込む救援軍に対し、当初、有利に闘いを進めていたカエサル軍でしたが、いかんせん数が多すぎます。夜になって辺りが暗くなり始めると投石や弓の威力が半減し、味方の統制も崩れてきて、包囲線の内側にじりじりと押し込まれていきました。

そうして、闘いが始まってから数時間もたつと、戦場はまさに地獄絵図そのものへと変わりました。暗闇でまわりはほとんど見えません。両軍が入り乱れて、もはや闘っている相手が果たして敵か味方なのかも判別できなくなっていました。ただ、向かってくる相手の剣を払っては切り、払っては切りを際限なく繰り返すだけだったのです。

「くそっ、数が多すぎる」

国を出てから八年、たくましい戦士に成長していたゲオルグは、百人隊の隊長として最前線で奮闘していました。

「ゲオルグ、もうだめだ、とても防ぎきれない」

「弱音を吐くな、まだ包囲線は破られていないんだ」

やはり、たくましい戦士に成長していたベントニウスは、ゲオルグの片腕としていつもともに戦場を駆け抜けていました。そんな二人も、増え続けるガリア軍の攻勢に、疲労の色が濃くなり始めていたのです。

これまでの闘いは、戦巧者のローマ軍が常に有利な戦いを進めていました。力まかせに攻めることしか知らないガリア軍は、まんまとカエサルの軍略にはめられて、多大な犠牲を出して敗走するのが常だったのです。

けれども、今回は違いました。この闘いで敗れれば、ガリアはローマの軍門に下ることになります。どれだけ犠牲を出しても、引き下がるわけにはいきません。文字通り、死力を尽くした総力戦を挑んできました。

必死の相手には、どんな軍略も役に立ちません。切っても、突いても、進むことをやめないガリア軍にカエサル軍は打つ手をなくした。もはや包囲線が突破されるのは、時間の問題のように思われました。


その時、東の方角から、騎馬にまたがり緋色のマントを風になびかせた武将が現れたのです。数百騎の騎馬隊を引き連れ、少しずつ明けはじめた東の空の淡い光を背負って泰然と立つ姿は、実際以上にその姿を巨大に見せていました。

その威容に、戦闘で殺気立っていた戦場が一瞬、静けさを取り戻したほどでした。

不気味なほど静まり返った戦場で、誰ともなく、「カエサルだ」という声が漏れたのです。それに続いて、敵味方のへだたりなく、誰もが「カエサルだ」とささやき合いました。ローマ軍にとっては畏怖の念に満ちたものであり、ガリア軍にとっては怨念に満ちたものであったにせよ、その場にいる全員にとって等しく、カエサルは偉大な存在でした。

「カエサル将軍が来られた！　これで百人力だ。ローマ軍団の力を見せてやれ！」

初めにときの声が上がったのはカエサル軍でした。

もしも、最初にガリア軍がときの声を上げていれば、戦況はガリア軍の優位に進んだかもしれません。けれども、敵将カエサルの劇的な登場によって、一瞬だけ生じてしまったガリア軍の隙が、闘いの流れを大きく変えてしまいました。

とたんに勢いづいたカエサル軍が、数で勝るガリア軍を押し返し始めました。

戦場の空気を誰よりも見分ける天賦の才をもつカエサルが、敵にとっても味方にとっても、この上ない効果的な瞬間を狙いすまして登場したのです。

ゲオルグの心にあった、迷いや恐れはもう消えていました。

「一気に行くぞ！　敵将の首を取れえー！　後《おく》れをとるな！」

高ぶる心のまま敵に向かって、がむしゃらに突き進んでいくゲオルグ。そして、すぐそのあとにベントニウスと仲間が続きました。朝日を背負ったゲオルグ隊の突進は、敵をさらにひるませるものとなったのです。

戦意を失ったガリア軍は総崩れになり、いったんは押し込むことに成功した包囲線の穴に向かって逆流が始まりました。誰もかれも逃げることしか考えていません。

その背後をローマ軍にいとも簡単に突かれて、あっという間に部隊は殲滅《せんめつ》されていきました。あとは敵将さえ捕らえれば、戦いは終わります。

狭い隙間に殺到する自軍に阻まれて動きがとれないでいる敵将ウェルカッシウェラウヌスに向かって、ゲオルグはひたすら突進していきました。その動きにきづいたウェルカッシウェラウヌスが叫びます。

「ローマ軍が向かってくるぞ、我を守れ！」

けれども、逃げまどうガリア兵には聞こえません。しょせんは寄せ集め部隊で、自分の身が危なくなると誰も指揮官を助けようとしないのです。ただ、忠誠心の高い精鋭で固めた親衛隊だけはそうではありませんでした。逃げまどう味方に背を向け、ゲオルグ隊に立ち向かったのです。

ウェルカッシウェラウヌスに向かって一直線に切り込もうとするゲオルグ隊と、それを守る親衛隊が激突しました。みるみる、死骸の山が築かれていきます。互いに一歩も引かず、ひたすら切り合いました。

ここで敵将ウェルカッシウェラウヌスを捕らえれば、ローマは勝利します。けれども、もし取り逃がすことでもあれば、ガリア軍は態勢を立て直してしまいかねません。戦場における勝利とは、実に薄氷の上のようでした。

勢いに任せてここまで突進してきたゲオルグたちも、親衛隊の前にすっかり足を止められていました。相手を一人、また一人と着実に倒してはいるものの、肝心の敵将はどんどん奥へと逃げていってしまいます。自分たちが犠牲となり指揮官の逃げる時間を稼ぐという、親衛隊の捨て身作戦の前では、ゲオルグたちもなすすべがありません。

「どうする、ゲオルグ、敵将が逃げちまうぞ」

横で闘うベントニウスが焦っています。ゲオルグも気持ちは同じですが、どうしようもありません。

「わかっている。くそっ！」

すると、その時、唐突に頭上から野太い声が降りてきました。

「よくやった、ゲオルグ。あとは任せておけ」

驚いて見上げると、騎馬にまたがったゲルマン人将校が、頭上から見下ろしていました。名をアルベルトといいます。ローマ人の中でも長身のゲオルグよりもさらに頭一つ分は大きく、見事なブロンドの髪を肩まで伸ばした真っ青な瞳の持ち主でした。そしてその強い意志力を表すかのような太い眉が特徴的です。

もともとは、ガリア地域に進出していたゲルマン部族の一族長でしたが、ローマ軍がガリアに侵攻してすぐの頃、類まれな戦闘力にほれ込んだカエサルに招かれ、騎兵二百騎を連れて軍団に編入していました。以来ローマ軍の切り札として、ここぞという場面で投入されてきたのです。

ゲオルグたちは、いつの間にか、その最強の騎馬隊に囲まれていたのでした。

あっけにとられていると、アルベルト率いるゲルマン騎馬隊は猛烈な勢いで敵陣に切り込んでいきました。さすがカエサルがほれ込んだだけあって、その戦闘力はすさまじいものがありました。さしものガリア親衛隊も、なすすべもなく蹴散らされ、敵救援軍の大将ウェルカッシウェラウヌスをあっという間に捕らえてしまったのです。

「つ、強い……強すぎる」

そのあまりの強さに敵ばかりではなく味方のゲオルグも唖然《あぜん》として言葉を失いました。

八年におよんだガリア戦の最後は、意外なほどあっけないものでした。

ウェルカッシウェラウヌスが捕えられると、寄せ集め部隊の救援軍は雲散霧消していったのです。アレシアに閉じ込められていたウェルキンゲトリクスも敗北を認め、ローマの軍門に下る決断をしました。主だった武将を引き連れてアレシアの砦から出たウェルキンゲトリクスは、包囲線の前まで来ると馬から降り、武具を脱ぎ捨て、携えていた武器とともに一切をローマ軍に差し出すと、ひざまずいて恭順の意思を示したのです。

ガリア全土がローマの属州となり、戦争が終わった瞬間でした。

カエサルはガリアの一般市民には一切手を出さず、略奪も禁じました。ローマに従うことを決めたガリア部族には許しを与え、その多くは軍団の新しい戦力として迎えられたのです。

こうして、ガリアの地に平和が戻ったのでした。

戦場で見た荒々しいガリア人の姿を見ることはもうありません。支配者であるはずのローマ人に対しても親しみを込めて接してくるのです。

領民にしてみれば、横暴なそれまでの領主より、収穫の一部を納めれば農民の自由を許してくれるローマのほうが、よほどましな存在でした。それに何かともめ事を起こしては争いばかりしていた蛮族を滅ぼし、平和な日常を取り戻してくれたローマのことを、決して悪く思っているわけではなかったのです。

激しかった戦闘は、もうぱったりと影をひそめました。国を出てから八年間、戦争しかしてこなかった兵士たちは、あまりに平和な毎日に暇をもてあまし始めていました。

「毎日毎日変わり映えしないな。いつになったら本国に帰れるんだ」

見張り役をすっかり怠けてベントニウスは日なたで寝転んで愚痴《ぐち》をこぼしていました。

「おい、一応、見張り役なんだぞ」

そうたしなめているゲオルグも実のところ、ほとんどやることがなくて退屈しているのはベントニウスと同じでした。


ガリアの地を平定したローマ軍でしたが、属州行政の構築や法律の整備など、まだまだやることは少なくありません。ただ、それらは主に文官たちの仕事で、ゲオルグたち兵士にはやることがないのです。

見張りなどしても、攻めてくるような相手はもうどこにもいません。

「なあ、ゲオルグ。俺はローマに帰ったらガリア人奴隷を売った金で食堂でもやろうと思っているんだが、どうだろう」

「いいんじゃないか。でもお前、料理なんかできたか」

「できるさ。こう見えても得意なんだぜ。俺の作ったガリア仕込みのソーセージを食ったら、もうほかのは食えんぞ。新鮮な野菜と果物の前菜、それから蒸した魚に、煮込んだ豚肉、アヒルの卵料理なんかもいいな。それと酒だ。食堂が軌道に乗ったら隣に浴場も作る。そうしたら金持ちの貴族がわんさと来るぞ」

　ゲオルグにたしなめられても、見張りなどする気はさらさら起きないベントニウスは、ローマに帰ってからの楽しい日常に、はや思いをはせていました。

　ゲオルグは少しあきれながら、でも楽しそうに友人の話に耳を傾けていました。

「それで、ゲオルグはどうするんだ」

「俺か？　俺は、そうだな……」

　一族の再興を誓い、生死をかけて軍に志願し、それなりの地位を手に入れたものの、まだまだ目的にはほど遠いものでした。かといって戦争も終わってしまった今、自分は何をすべきなのか、ゲオルグにはその答えが見えなかったのです。

　すると、その時、馬に乗った伝令が走ってきた。

「ユニウス・ゲオルグ。総督府まで出頭せよ。アントニウス閣下がお呼びだ」

　属領統治に忙しいアントニウスが、ゲオルグに何の用があるというのでしょうか。ゲオルグとベントニウスはお互いを見合って不思議な顔をしました。

「アレシアでの活躍は見事だったぞ」

アントニウスはカエサルの右腕として、属州の平定に忙しい毎日を送っていました。そのせいか戦場で見せる猛々しい姿とはうってかわり、今は有能な官僚そのものです。

「ありがとうございます。光栄です」

「やはり、ガリア出陣前のあの時、牢にいたお前を拾って正解だった」

駐屯地でケンカ沙汰を起こし、あわや軍団追放というところ、救いの手を差し伸べたのがアントニウスでした。

以来ゲオルグは、アントニウスの下で戦場を生き抜いてきたのです。

「すべて閣下の御心のたまものです」

「ゲオルグおまえも、いつまでも下級士官などやっておれんだろう。そろそろ新しい地位につかせてやらんとな」

「ほ、本当ですか。それは、願ってもないお話です」

ゲオルグは心に湧《わ》き起こる歓喜の叫びを押しとどめながら、必死に冷静を保とうとしていました。軽々しく喜怒哀楽を表情に出すのは戦士として、はしたない行為とされていたからです。けれども次のアントニウスの言葉に、ゲオルグは抑えていた感情をつい顔に出してしまいました。

「そうだな、元老院議員なんかどうだ」

「えっ？」

まったく想像していなかったアントニウスの言葉に、ゲオルグは驚きを通り越して理解不能に陥り、ポカンと間の抜けた顔をさらしてしまったのです。

「その顔はなんだ？」

間抜け顔をアントニウスに指摘され、慌てて取り繕うゲオルグ。

「閣下、またご冗談を」

あくまでも軍内部での出世を想像していたゲオルグにとって、まったく予想していなかった話です。そもそも選挙で選ばれる元老院には、なろうと思ったからといって簡単になれるものではありません。

「まあ、いずれにしても、もう戦争は終わったんだ。軍で出世するばかりではなく、それ以外の道を考えてもいいんじゃないのか」

「どういうことですか？」

「元老院はカエサル総督閣下を目の敵《かたき》にしている。軍団を解散させて、俺たちの権益も剥奪《はくだつ》する腹積もりだ」

「これだけの実績をあげたのに、そんな横暴な」

「だから、俺たち自身がローマの権力を握る。俺は護民官になる予定だし、主だった武将の多くも政務官に就任する。これからは俺たちの時代だ。権力の亡者になり下がり、私腹を肥やす貴族たちの自由にはさせない」

「素晴らしいお考えです」

「そうだろう。だからお前も、ローマで一緒に闘ってくれ」

その言葉にゲオルグは胸を打たれました。

一族の再興を夢見て命をかけて挑んだ戦場で、ゲオルグは初めて生きている実感のようなものをつかみ始めていました。でも、その戦争も終わってしまった今、心の空虚感を抱えていた自分がいたのです。

そんな時に自分を認めてくれたアントニウスが、「また一緒に闘おう」と言ってくれました。ここにこそ、自分の居場所があるように思えたのです。

「わかりました。元老院はさておき、私にできることがあれば何でもいたします」

「よく言ってくれた。じゃあ、さっそくローマへ行ってくれるか」

アントニウスは優しくほほ笑みながら、ゲオルグの両肩をがっしりつかみました。

「承知しました。それでローマで何を」

「元老院は軍団の解散を要求している。当然、応じられないと閣下は考えている。だから金、女、男何でも使って中立派の元老院議員を抱き込め。そして、場合によっては暗殺したってかまわん」

「私がですか?」

「そうだ。他の誰でもないお前がやるんだ。頼んだぞ」

戦争しか知らないゲオルグに、そんな議会工作などどうしてよいかわかりません。けれども、アントニウスの命令には逆らえないのです。

とまどいながらもゲオルグは黙ってうなずくしかありませんでした。

## 第二節　ローマの愛欲

ローマの夜はさびしいものです。昼間あれだけ人の波で溢れかえっていたのが嘘のように、通りには人っ子一人歩いていないどころか、犬や猫の姿もなく、鳥のさえずりや虫の鳴き声さえ聞こえません。月明かりに照らされた石畳が怪しく光るだけでした。

そんなローマの暗闇と物寂しさが、ゲオルグにとっては身を隠すのに好都合でした。

ガリアを征服し、勢いを増したカエサルの力を危険視した元老院派は、同じくカエサルの台頭に危機感を抱いていたポンペイウスと共謀しました。二期目の執政官就任を目指すカエサルに対して、属州からの立候補を禁じたうえで、軍団を解散してローマに戻るよう通告したのです。

カエサルが単身で戻れば暗殺されるか、さもなければ汚職の罪をでっちあげられて権力の座を追われた救国の英雄スキピオのように、罠にはめようとするでしょう。カエサルがこのような通告に応じるはずはなく、内戦は必至の情勢でした。

ガリアにいるカエサルと元老院の間でそんな暗闘が繰り広げられていることを知らないゲオルグは、反カエサル派の陰謀を突き崩すために、慣れない政治闘争に悪戦苦闘していたのです。

この日も、協力者となっている元老院議員の屋敷で行われる謀議に参加するために、夜陰にまぎれてパラティーノの丘を登ってきたのです。

「ゲオルグか？　待っていたぞ」

屋敷に到着するとすでにヨハネスが待っていました。ガリアに出兵する前、ゲオルグとベントニウスを送り出してくれた友です。政治に疎《うと》いゲオルグに代わって、貴族出身のヨハネスが知己のある元老院議員との間を取り持ってくれていたのでした。

「状況はどうだ」

「相変わらずだ。いっこうに進展しない。悪くなるわけでもない代わりに、よくなるわけでもない。正直、厳しいよ」

屋敷の中庭を足早に横切っていく二人の足取りは重かったのです。

「金になびく者もいない、脅しても無駄、旗色は悪いな」

「どうする、これ以上動くとお前の身も危険じゃないのか」

「いや、この頃思うんだが、元老院は俺たちの動きなど眼中になさそうだ」

「体制は覆らないと踏んでいるわけか」

「というよりも、俺たちは踊らされているだけかもしれない」

「どういうことだ？」

急に立ち止まったヨハネスが、ゲオルグの顔をのぞき込みました。ゲオルグはヨハネスと目を合わせることができず、伏し目がちに続けました。

「カエサル閣下が、本当にこの工作が成功すると思っていたか疑問なんだ。世の中は、俺なんか手の届かないところで動いている。結局、俺にはどうすることもできない。付き合ってもらったお前には申し訳ないが」

「いや、俺はいいんだ。作戦なんかどうだっていいし、為政者たちの権力争いなどに興味はない。それよりも君さえ無事ならいいんだ」

　友の気遣いに胸が熱くなりながら、少し照れくさかったゲオルグは、目線を少しそらしました。

　すると中庭をはさんだ建物の反対側に、瞳をキラキラ輝かせた可憐な少女が物陰に少し隠れるようにして、こちらをうかがっているのに気づいたのです。

「アンネ……」

　それを見とめたゲオルグの表情も、途端にほころびました。

「どうしたゲオルグ」

「ヨハネス、ちょっとだけいいか」

　ヨハネスもすぐ少女の存在に気づくと、ゲオルグを促しました。

「まあ、いいだろう。行ってこいよ」

「すまん、恩に着る」

「ただし、長官殿をあんまり待たせるなよ」

「わかった」

　そう言うとゲオルグは、少女のもとに一目散に走っていきました。

少年のように今にも小躍りしそうな勢いで駆けてきたゲオルグを、少女は笑顔で迎え入れました。

二人はお互いの両手を握り合い、しばし言葉もなく少し照れくさそうに見つめ合います。

少女の名はアンネ。由緒ある貴族の家系に生まれ、この時はまだ十八歳でしたが、心の内側からにじみ出るような美しさを持っていました。

ローマに戻ったゲオルグがヨハネスの手引きで、有力元老議員でカエサルの縁戚にあたるユリウス家の屋敷に招かれた時に二人は初めて出会い、その日から恋に落ちたのです。

「今日は何だか、あなたが来られるような気がして寝つけませんでしたわ」

「もう夜遅いのでお会いできないかと。でも会えてよかった」

この時すでに三十歳を超えていたゲオルグでしたが、アンネを前にすると、まるでうぶな少年のようになってしまう自分を感じていました。

無理もありません。彼が軍団に入隊し故郷を旅立ったのは、ちょうど今のアンネの年頃でした。以来、諸国を転戦し、戦闘に次ぐ戦闘に明け暮れていたゲオルグにとって、女性といえば娼婦か奴隷であり、いずれも恋の相手にはなりません。アンネとの出会いが、ゲオルグにとって初めての恋だったのです。

以来ゲオルグは、忙しい合間を縫ってアンネに会いに来ました。没落した一族を再興するため、ただそれだけのために生き、幾多の命のやり取りに身も心もすり減らし疲れ果てたゲオルグの心を、アンネはいつも癒してくれました。

アンネにとってもゲオルグは初恋の人であり、心にぽっかり開いた穴を埋めてくれた初めての人でした。

貴族の暮らしは確かに不自由はないし、食うや食わずの庶民に比べて恵まれた身分だと思う気持ちはあります。けれども毎日贅沢な物を食べ、珍しい外国の書物や指先一つで動かせる使用人や取り巻きに囲まれている両親や兄弟が、決して毎日楽しそうではないことにアンネは気づいていました。どちらかというと始終いらいらしていて、いつも満たされない思いを抱えているように思えてならないのです。

そしてアンネ自身も今の自分は本当ではない、という思いをいつも抱えていました。

「贅沢な生活ができればそれで満足なの？　いつか他の貴族の家に嫁いで、それで私も世の貴族夫人のように、おしゃれとお化粧、誰かのスキャンダルに目がなくて、夫の目を盗んで若い愛人と逢《あい》引《びき》を重ねることで冒険心を満たすような生活をするのかしら？　そんな毎日が、果たして自分の望んでいることなの？」

アンネの心には、いつもそんな疑問が湧き起こっていました。自分にはもっと大切な、やらなければならないことがあるような気がしていたのです。とても大事なものが欠けているような空虚感に常にさいなまれていたのです。

それがゲオルグに出会って、一瞬で世界のすべてが変わったのです。「自分の心にぽっかり開いた穴を埋めてくれるのは、この人だけ」そう直感的に感じていました。

以来ゲオルグがいなければ、昼も夜も明けない日が続いているのです。

でもゲオルグはいつも忙しく、また住んでいる所や身分を伏せているために気軽に会うこともできません。会えるのは、この屋敷にゲオルグが訪ねてくるほんの少しの時間だけでした。だからアンネはいつも、ゲオルグのことばかり考えていたのです。

「初めて会った日のことを覚えていますか」

年下のアンネがリードするように、ゲオルグを中庭のベンチに誘いました。ゲオルグはまるで乳母に手を引かれる子どものように、導かれるまま素直にその可憐な手に従っていました。

「ええ、覚えていますとも」

「私が、どんなふうに見えましたか?」

「光り輝いていて何ていうか、天から降りそそいだ太陽の光が、まるであなただけを照らしているようでした」

ゲオルグがそう言うとアンネの笑顔は一層光り輝き、ほおが真っ赤に染まりました。

「私もです。あなたが光に包まれて見えましたわ」

「本当ですか、そんな偶然があるんですね」

「私は偶然じゃないと思っています。いつも私はあなたのことばかり考え、今何を思っているのだろう、今度はいつ会えるんだろうって、そればかり。すると、ふっとあなたの考えていることがわかる時があるんですよ。今日だってそうなんです」

「へえ、すごいな。私も毎日あなたのことばかり考えています。でも私は戦争しか知らなかったから、女性の心はよくわからないんです」

「しかたありませんわ。あなたには大切な任務がおありですもの。でも本当はもっと、できれば頻繁にお会いしたいです」

アンネの笑顔が急に曇りました。もうそろそろゲオルグが父の所に行かなければならない時間だということを、アンネもわかっていました。

「任務が終わったら、いつでも会えるようになります」

「本当に？　いつですか」

「もうすぐです。カエサル閣下がお戻りになれば」

「ああ、その時が待ち遠しい」

「申し訳ありませんが、もう行かねばなりません」

中庭の反対側では、ヨハネスが「そろそろ戻ってこい」というようにゲオルグにそっと目配せをしていました。

「わかっています。お名残り惜しいですが、また来てくださいね」

「もちろんです。それでは……」

駆けてきた時とは反対に、ゲオルグはゆっくりと、本当にゆっくりとアンネのもとから離れていきました。途中、何度も何度も振り返り、そのたびにアンネがそこにまだ立っていることを確認しつつ。

アンネもゲオルグが振り返るたびに、笑顔で答えました。そうして、ゆっくり長い時間をかけて、ゲオルグはヨハネスのもとに戻ったのです。

「すまん、待たせた」

「なあに、これぐらい」

自分を迎えた時の意味ありげなヨハネスの笑顔をさりげなく受け流しながら、ゲオルグは切り出しました。

「なあ、ヨハネス」

「なんだ?」

「おまえ、俺が軍隊に士官する時、言っていたことを覚えているか」

「何か言ったかな」

「お前は〝このローマに残って、やることがあるような気がする〟って言ってたよな」

「ああ、確かに、そんなことを言ったような気がする」

「あの時、お前が言ったことな、その通りだったかもしれない」

ゲオルグは今来た道を振り向き、さっきまでアンネと一緒に話していた中庭のあたりに目をやりました。そこでは愛しいアンネがまだ立ち去らずに、相変わらずゲオルグに熱い視線を送っています。目が合うとアンネは嬉しそうににっこり微笑んで手を小さく振り、ゲオルグもすかさず手を振り返しました。

　ゲオルグとヨハネスが父親の居室に向かい、暗がりに姿が消えてからも、アンネはじっとその場に立ち尽くしていました。まるで短い逢瀬《おうせ》の余韻をじっくりとかみしめるかのように。

　そうして、ずいぶん時間がたってから、やっと決心したように振り返り自室に戻ろうとしたその時、アンネは思わず息を呑んでしまいました。

　振り返ったとたん、そこに人影が立っているのに気づいたからです。次の瞬間その人影が母親だとわかって、ほっと安堵の表情に変わりました。

「嫌だわ、お母様、驚くじゃありませんか。いつからそこにいらしたんです？」

「ずっとですよ」

　アンネの母親ルナはとても美人であり、特に妖艶《ようえん》でつんとした鼻が特徴です。今はその美しい顔をわざと歪《ゆが》めて愛嬌のある笑顔をつくり、アンネの笑いを誘いました。

「お人が悪いですよ、お声をかけてくだされればよいのに」

「それで、彼とはうまくいっているの？」

「ええ、とても。日増しに彼への思いが強まっていくばかりです。彼はとても誠実で、私のことを思ってくれています、でも……」

　アンネが急に表情を曇らせると、ルナもそれに合わせて、やや大げさに渋い顔をつくってみせました。

「でも？」

「あまり長い時間を過ごすことができません。極秘の任務があるとかで、彼の素性も何も詳しいことは知らないんです」

「それは心配ね」

「ああ、でもご安心を。私はまだいろいろわからないことがありますが、父上はちゃんと事情をご存じで、その父上が大丈夫だとおっしゃっていましたので何も心配していません」

するとルナは急に真顔になりました。

「まあ、確かに貴族の出身であることは間違いないようね」

「えっ？」

アンネは、母親の態度が急変した理由をはかりかね、戸惑っていました。

「ユニウス家の跡取りらしいわ。父親は二十年ほど前の汚職事件騒ぎに連座して失脚したみたいだけど。今はアントニウス護民官の直属の部下だそうよ。次の執政官の選挙工作のためにカエサル総督から派遣されたんでしょうね。総督閣下は旗色が悪いようですから」

まくしたてる母親の様子を、アンネは不思議そうに見つめていました。

「お母様、あの、その、よくご存じでいらっしゃいますね」

「これでも元老院議員夫人よ。いろいろ情報は入ってくるわ。ついでに言えば、カエサル総督はそろそろ失脚するかもしれませんよ。彼との交際も考え直したほうがいいかもしれませんね」

「そんな、お母様……」

何か言いたそうなアンネをそこに残しルナはさっさと自室に引きあげてしまいました。

ルナはこの時四十歳前後でしたが〝パルティーノの女神〟とうたわれた美貌はいまだ衰えず、言い寄ってくる貴族の男は数知れなかったのです。本人も浮名を流すことを楽しんでいるようでした。最近では夫のユリウスも浮気をとがめることに疲れ、自分も若い愛人をつくって妻のことは放任と決め込んでおり、もはや夫婦生活は破綻していました。

まだ若いアンネが、そうした両親の奔放な恋愛に秘かに嫌悪感を抱くのは無理のないことだったのです。

「私は、父や母のようにはならないわ。真実の愛を貫いてみせる。ゲオルグ、彼となら、きっとそれができるわ」

アンネは、そう決意を新たにしました。

小雪がちらつく寒い朝のことです。ゲオルグがローマに戻ってからすでに数か月が過ぎ、この間、工作はさしたる成果をあげることもなく、状況は何も変わりませんでした。

もはや打つ手をなくしたゲオルグは、もうこの頃にはすっかり意気消沈し、隠れ家にこもって毎日何をすることもなく過ごすだけでした。

けれども、いよいよその時がやってきたのです。

「ゲオルグ、大変だ」

ヨハネスが息せき切って駆け込んできました。

「どうした」

「カエサル将軍が軍団を従えてルビコン川を渡ったらしい」

ゲオルグは唇を真一文字に結んで、天を仰ぎました。驚くというより、「ついに来たか」という心境です。数日前にカエサルのガリア総督解任と本国への召喚を命じる元老院最終勧告が発布されたことは、ゲオルグも知っていました。それは同時に、工作の失敗を意味していたのです。

最終勧告が出されてしまえば、もう覆ることはありません。従わなければ、カエサルは謀反《むほん》のレッテルを貼られてしまいます。カエサルがそのような事態を唯々諾々《いいだくだく》と受け入れるはずはなく、ポンペイウスと元老院に対して武力で対抗する以外に道は残されていません。内戦の勃発は時間の問題だったのです。

「どうする」

ヨハネスが心配そうにゲオルグの顔をのぞき込みました。

「わからない、軍団に戻りたいが……」

「いっそ軍団を抜けたらどうだ、もういい潮時だろう?」

「しかし、一族の再興はまだ成っていない」

「カエサル総督が軍団を連れて帰ってきたとなれば、内戦は必至だ。また当分、戦争が続くぞ。今の君にはアンネもいるじゃないか、戦争より大切なことがあるだろう」

「それは、また後だ。今は状況を確認しないと。とにかく行ってくる」

ゲオルグが外に飛び出すと、ローマの街はすでに騒然としていました。

「カエサルが軍団を引き連れて戻ってくるらしい」

「これは内戦になるぞ」

「ポンペイウスとカトはすでにローマを出たというぞ」

噂好きのローマ人は、そこらじゅうで井戸端会議をしていました。状況はもう知れ渡っているようです。

ゲオルグは騒然とした街を一人駆け抜けていきました。

## 第三節　ローマからエジプト「アントニウスの戦い」

軍団を引き連れてルビコン川を渡ったカエサルは、ポンペイウスがすでにローマを逃れたことを知るとローマを素通りして、そのままポンペイウスを追撃していきました。その代わり腹心であるアントニウスとレピドゥスをローマに派遣し、事実上、共和国を支配下に置いたのです。

カトやスキピオなど反カエサル派の主だった有力者は、ポンペイウスにつき従ってローマを脱出していたので、ローマはもうアントニウスの天下でした。

この時ゲオルグはまだローマにいました。任務に失敗したことを気に病んで、すっかり軍団に戻りそびれてしまったまま、居場所を探してさまよっていたのです。

内戦が始まった以上、一刻も早く軍隊に戻りたいけれども、アントニウスに合わせる顔がありません。困り果てたゲオルグが向かった先は、数少ない相談相手であるユリウスの元でした。通い慣れたユリウス邸に着くと、長官本人は不在だということで、代わりにルナ夫人の居室に呼ばれました。

「例の任務は終わったのでしょう。今日はどんな御用？」

「長官に折り入ってお願いがございます」

普段はアンネの母親としてしか見ていなかったルナの様子が、今日は違っていました。薄手の衣裳の隙間から、ちらちら見える豊かな胸やなまめかしい足のラインが妙に気になったのです。貞淑な貴族夫人という普段のいでたちとは一変し、とても妖艶で、ただでさえ女性慣れしていないゲオルグにはあまりに刺激的でした。

「任務に失敗して軍団に帰りづらいから、夫に口添えしてほしいってところかしら」

図星でした。何もかも見透かしたようなルナの挑発的な視線に射すくめられたゲオルグは言葉を失っていました。そんな彼の心をもてあそぶように、ルナは意味深な笑みを浮かべていたのです。

「それなら夫ではなく、私のほうが適任ですね。あなたは任務に失敗しましたが、それはユリウスが動かなかったからです。同じポプラレス（平民派）なのに。だからカエサルの心証はよくありませんせん。むしろ今は私からの口添えのほうがよいと思いますけど」

なるほど、カエサルの親戚筋に当たるルナの口利きがあれば確かに心強いでしょう。ゲオルグは目の前の霧が晴れたような気がしていました。

「本当にありがとうございます。どんなに感謝したらよいか」

ゲオルグは、ルナの足下にひれ伏さんばかりにかしこまりました。けれどもルナは、そんなゲオルグをもてあそぶようにじらしたのです。

「まだ、やるとは言っていませんよ」

ルナにとってゲオルグは少年も同然でした。手玉に取るなど造作もないことです。ゲオルグはいいように操られてしまっていました。言葉に詰まったまま何も言えないでいると、ルナが少しずつ近づいてきました。

「一つ、条件があります」

「は、はい、何なりとお申しつけください。私にできることでしたら何でも」

ルナは何も言わず一歩、また一歩とゲオルグに近づき、ついに手を伸ばせば届く距離まで近づいてきました。香水の甘い香りが鼻孔をつき、何とも言えない淫靡《いんび》な雰囲気が伝わってきます。ゲオルグは危険な状況が近づいていることを察知しながらも、緊張のあまり動くこともできません。そんなゲオルグの手をやおら取り上げたルナは、とまどう彼の不意をついて目にも止まらぬ早業で自分の懐にいざない、あらわになった胸にあてがったのです。

「な、何を！」

柔らかい乳房の感触に驚いたゲオルグが反射的に手を引こうとすると、意外なほどの強さでルナは腕をつかんで離しませんでした。

「そんなに驚くことではないでしょう」

「何をされるのですか。あなたはユリウス長官のご夫人ですし、それに私の愛するアンネの母親じゃないですか」

ルナは、少しも動じることなく泰然としていました。

「ローマ男のたしなみというものです。そんなに堅く考えることはありません。ユリウスは私の恋愛には寛容だし、アンネが気づくこともないでしょう。それより何としても軍団に戻ることが今は重要じゃありませんこと。それとも、失意のまま死んでいった父親のようになりたいのですか」

ルナはもう一度、ゲオルグの手を自分の懐に招き入れました。今度はゆっくりと、さほど力を込めなくても、その手が離れることはありませんでした。ゲオルグは、もう抵抗することができなかったのです。


「また戦争に行ってしまわれるのですね」

美しい顔に悲しみの色を浮かべるアンネは、あくまで可憐で純情でした。その美しい面影によく似たルナのイメージが重なり、ゲオルグは複雑な気持ちになりました。ルナの口利きで首尾よくアントニウスの軍団に復帰できたゲオルグは、ギリシャで挙兵したポンペイウス軍との戦いに参加するため、ローマを離れることになりました。そのため、しばしの別れを告げにユリウス邸を訪れていたのです。

あの日以来ゲオルグは何かというとルナに呼び出されては、情欲のはけ口となっていました。ゲオルグより十歳は年上のはずのルナでしたが、その欲望にはまるで際限がありません。昼夜構わず情を求めるルナとのただれた愛に耽溺《たんでき》しながら、ゲオルグは愛するアンネを裏切っているという良心の呵責《かしゃく》にさいなまれました。

できることなら、ルナと手を切りたい。けれども彼女の口利きがなければ、軍団に復帰することはできなかったでしょう。しかしゲオルグは、もうルナには一生逆らえない立場にいたのです。

「しかたありません、それが軍人である私の務めです。でも大丈夫です。今度の戦闘はガリア戦のような長期戦にはなりません。たぶん、ですが」

「でも、あなたの身が心配です」

純粋で曇りのないアンネの心根に触れるたび、愛おしい思いがさらに募ると同時に、ゲオルグの胸はちくちくと痛みました。

もうこんな状態は続けたくない。けれども今ルナと手を切るわけにはいかない。彼の取った決断は、アンネとの結婚でした。自分の娘と結婚してしまえば、ルナも自分への興味を失うかもしれないと考えたからです。けれども、なかなか結婚の話を切り出せずにいました。

何気ない会話が交わされ、もどかしい時間が流れていきました。心の中では「いつ切り出そう」と逡巡《しゅんじゅん》しながら、以前にも同じようなシチュエーションを何度か体験しているような奇妙な感覚に捉われていたのです。

そうして、ふと会話が途切れた時ゲオルグはついに心を決めました。

アンネに向き直りその両手をそっと取ると、一つ大きな深呼吸をしました。

「ねえ、アンネ」

ゲオルグは、自分がうぶな少年のように震えていることに気づいていました。

「なんです？」

アンネのけがれのない美しい瞳をまともに見られないゲオルグは、なかなか次の言葉が出ませんでした。

その様子を少し不思議そうに見ながら、それでもじっと待っているアンネ。

「アンネ、今日は君にどうしても言いたいことがあるんだ」

「はい」

「戦争が終わったら」

「終わったら？」

アンネもゲオルグの様子から特別な感情を感じ取りました。そして、期待を込めて次の言葉を待ったのです。

「……」

ところがゲオルグは急に押し黙り、表情がこわばっています。その視線が自分を通り越し、背後を見つめていることに気づいたアンネが何気なく後ろを振り向くと、そこにはルナが立っていたのです。

「あら、お母様、お出かけでは？」

「ええ、だったのですが、急用を思い出しましてね。お邪魔だったかしら？」

ゲオルグは直感的に「ルナは嘘をついている」と感じていました。自分とアンネの仲を邪魔するためにわざわざ戻ってきたに違いありません。おかげで、告白するタイミングを完全に逸してしまったのです。

「いえ、そのようなことはございませんが……」

　ゲオルグは努めて冷静を装おうとしましたが、顔がこわばっていたようです。その様子にアンネは何かを感じ取っていました。ゲオルグが何を言おうとしたのか気にかかっていましたが、それを今聞いてはいけないような気がしたのです。

「ちょうど帰ろうとしていたところです」

　ルナとアンネ、二人と同じ空間にいることが何とも居心地が悪く、ゲオルグはそそくさと帰ろうとしました。

　アンネはゲオルグの目をまっすぐ見て何も言わず、重ねていた手をそっとほどきました。本当はもっと一緒にいたいのに、決して引き止めようとはしませんでした。

　けれども、ルナは違いました。

「ゲオルグ、お帰りなら、その前に私の部屋に寄ってくださいな。アントニウス護民官へ届けてほしいものがあります」

　ルナは娘に悟られないよう、いたって事務的な口調で言ったつもりでしたが、ゲオルグはすでに淫靡な匂いを察知して動揺を隠すのに必死でした。

「奥様、後日ではだめですか。とても急いでいるのですが」

　ゲオルグは何とか抵抗を試みようとしました。アンネとの神聖な時間をこれ以上汚されたくはありませんでした。でも、ルナはそれを許しません。

「だめです、今すぐです。出陣の前にお渡ししなくてはなりません」

アンネの前で押し問答するわけにはいきません。もはやゲオルグはしかたなくルナに従うことしかなかつたのです。

「わかりました。それではさっそく。それじゃあ、アンネ。私はこれで」

「そうですか、お名残り惜しいですが」

ゲオルグも本当はアンネともっと過ごしたい。口にできないその思いを込めて、もう一度アンネの手をしっかりと握りしめました。

しかし、その貴重な時間はまたしてもルナに邪魔されてしまいます。

「アンネ、そんなに悲しむことはありませんよ」

「なぜです、お母様？」

「ゲオルグが戦から戻れば、ずっと一緒にいられるようになります」

「おっしゃっている意味がわかりかねますが？」

何の疑問ももたず、不思議そうに母親を見るアンネ。けれどもゲオルグはルナが何を言おうとしているのか察知して、背筋に寒いものを感じました。

「二人は結婚するんですよ」

驚きの表情を浮かべるアンネ。それは、アンネ自身心から願い、待ちわびていたことでした。けれども母親にあっさり言われると、かえって拍子抜けしてしまったのです。

一方のゲオルグはというと、驚くというより青ざめていました。

「どうしたんですか？　二人とも、そのつもりだったんでしょう」

ゲオルグもアンネも何も言えないでいると、ルナがさも当然のような口調で言いはなちました。

「奥様、その話はまた今度に。あまり時間がないので、もうお部屋に参りましょう」

その微妙な空気に耐えかねたゲオルグは、自分からルナを促しました。

邸宅の奥に入っていく二人の後ろ姿を、アンネは不安そうに見送ったのです。


居室に着くが早いが、ルナは何も言わずゲオルグに肢体をからませ、上着を開いてあらわになった胸をまさぐり激しく唇を求めました。一瞬ひるんだゲオルグでしたが、体勢を立て直すと強引にルナを引き離しました。その表情には、いつになく険しいものがありました。

「奥様、本当にもう行かなければなりません。今日はだめです」

いつもは受け身のゲオルグの強気な態度に、ルナは少し困惑していました。

「どうして……」

「どうしてと言いたいのは私です。なぜ結婚のことなど持ち出したのですか？」

「なぜって、あなたもいずれはそのつもりだったでしょう？」

確かに、ゲオルグもそのつもりでした。けれども、自分でその思いをアンネに直接自分の口から伝えたかったのです。二人の大切な儀式を汚された気がして、ゲオルグは無性に腹が立っていました。

それにルナが二人の結婚を積極的に認めるということは、結婚後も関係を続けようとしているつもりだとゲオルグは察知していました。アンネと結ばれたいのは、ややまですが、このままルナとの関係を続けていくことは、ゲオルグにとって絶望的な宣告といえました。今はどうにかしてルナとの関係を終わらせたいという気持ちでいっぱいだったのです。

ところがゲオルグの気持ちがルナから離れていけばいくほど、ルナの思いは逆に高まっていったのです。最初はほんの浮気心だったのに、次第にルナのほうが本気になってしまったのでした。

今となってはもう、ゲオルグなしではいられない。

けれども、一応は夫人の身である自分はゲオルグと結ばれることはない。それならいっそ娘アンネと結婚させてしまえば、ずっと一緒にいられる。ルナが、ゲオルグとアンネの結婚に意外なほど前向きなのは、そんなゆがんだ愛情からでした。

「ギリシャから戻ったら、私はアンネに結婚を申し込みます」

「だから、そうしなさいと私も言っているじゃない」

「そうなると、あなたと私は義理の母と息子になります」

「ええ、そうね。もう、そんなことどうだっていいじゃない。ねえ、早く」

高ぶりを抑えられない様子のルナがゲオルグにしなだれかかり、その豊満な肉体を押しつけてきました。

いつもならここでルナの色香の前についつい屈服してしまうゲオルグでしたが、今日はどうしてもそういう気分になれませんでした。自分とアンネの大切な瞬間を邪魔したルナに、ゲオルグはこの時、初めて嫌悪感を覚えていたのです。

それでもルナはしつこく身体を求めてきましたが、ゲオルグがついに振り切ってユリウス邸を後にするまで、そう時間はかかりませんでした。裏口からそっと邸外に出ていくゲオルグを物陰からひっそり見送りながら、ルナは悔しさに唇をかみしめ、声を押し殺してつぶやきました。

「絶対に逃がさないわよ。あなたは私のものなんだから」


生い茂るヤシの木と赤茶けた大地が夕日に照らされて、見事なコントラストをかもしだす海辺の町で、時ならぬ怒号が響いていました。

「貴様ら、それでもローマ最強軍団の一員か！」

声の主は、アントニウスの副官としてエジプトに来ていたゲオルグでした。

逃走するポンペイウスを追ってはるばるエジプトまで進軍したものの、カエサルにおもねったプトレマイオス十三世が勝手にポンペイウスを暗殺してしまったのです。そしてこのことが発端となり、カエサルはプトレマイオス十三世に不信感を抱きました。

そこに、実弟のプトレマイオス十三世と権力争いをしていたクレオパトラ七世が近づきました。内戦に持ち込んだ末に、プトレマイオス十三世を敗死においやり、クレオパトラがエジプトの権力を握ったのです。

これでエジプトの内政も安定し、逃げた元老院派残存部隊を討伐しに行くのかと思っていたら、カエサルはいつまでたっても動きません。兵士たちはすっかり気が抜けてしまい、部隊の士気低下を防ぐため士官のゲオルグは苦労していました。

この日も部下たちの訓練のあまりのふがいなさに、ゲオルグは怒り心頭に発していたのでした。するとそこにゲオルグの怒りに触れて縮こまる若い兵士たちをかきわけて、長身の男がのっそりと現れました。

「どうした、お前らしくない、熱くなるな」

見事なブロンドの長髪に真っ青な瞳をもった長身の将校、あのゲルマン騎兵の隊長アルベルトでした。

「邪魔をしないでくれ、アルベルト。これは俺たちの部隊の訓練なんだ」

同郷の友で、戦場で苦楽をともにしたベントニウスが軍団を退役して商人に転身してしまった今、ゲオルグにとってアルベルトは、苛酷なガリア戦争を闘い抜いた数少ない戦友の一人となっていました。

「すまない。邪魔するつもりはなかったのだが、見ていられなかったもので」

「なんだって?」

ただでさえいらいらが募っているのに訓練に水をさされて、ゲオルグはこの上なく不機嫌でした。

「まあ、そうカリカリすることはないだろう。ちょっと付き合ってくれないか」

納得しないゲオルグでしたがアルベルトにほだされてしまい、しかたなく軍事訓練を途中で切り上げました。

二人で海辺の道を歩きながら、ゲオルグはまだ怒りが収まらない様子でした。

「士気の低下は危機的な状況だ。古参部隊はまだしも、新兵の状況はひどいものだ。カエサル閣下はいったい何を考えておられるのか。待機命令が出てからもう半年だ、これ以上は持ちこたえられん」

「カエサル閣下なら、今頃あの方とナイル川を巡っておられる」

「ナイル川だって？　まったく、あのクレオパトラとかいう女王、そんなにいい女なのか。閣下ほどの方に大切な使命を忘れさせてしまうほどの」

行動をともにするうちクレオパトラと愛人関係になったカエサルは、まるで内戦もローマも忘れてしまったかのように、毎日クレオパトラとの逢瀬《おうせ》を楽しんでいました。

しかし、そのせいで待ちぼうけを食らう兵士たちはたまったものではありません。士気が低下し、不満が出るのも当然でした。

「まあ確かに、はじめは私もカエサル閣下のお気持ちが理解できなかったが、でも、このところ何となくわかるようになってきたのだ」

「どういうことだ」

アルベルトは彼にしては珍しく、はにかんで顔を真っ赤にしていました。その様子はまるで少年のようで、ゲオルグは少し意外な印象を受けました。

「実は、結婚することになった」

「そうなのか？　それは、うん、めでたいな。おめでとう」

「愛する人がそばにいるというのは、いいものだぞ」

「まあ、それはわからんでもないが……」

ゲオルグの脳裏に、ローマで別れて二年になるアンネの面影が浮かびました。

「それで今夜ささやかな宴を催すのだが、君にもぜひ来てほしいのだ」

「わかった、必ず行くよ」

それだけ言うと、アルベルトは一人去って行きました。

ゲオルグは遠ざかる友の背中を見送りながら、なぜか穏やかな気分になり、さっきまでのいらいらした感情は影をひそめていました。


テーブルの上に、ところ狭しと並べられた皿には、あらゆる料理が盛大に盛り付けられていました。新鮮な野菜とフルーツ、肉や魚介を使った目にも鮮やかな料理の数々、そして酒。そのどれもが、ローマとは比べものにならないうまさでした。

「こんなうまいものはローマでも食ったことがない」

思わず感嘆の声を上げるゲオルグ。

「ローマには世界中の食い物が集まってくるが、本当にうまいものはその土地でしか食えないものだ。何でもローマが一番だと思っていたら大きな間違いだな」

そこには、戦場ではついぞ見かけることのなかった柔和で愛想のいいアルベルトがいました。アルベルトの勇猛果敢さと指揮官としての能力を尊敬していたゲオルグでしたが、思いのほか人間臭い一面に触れて、親しみを覚えていました。

するとそこで、どよめきが湧き起こったのです。

「美しい……」

すらりとした長身、軽くウェーブのかかった黒い髪、すっと通った鼻筋、そして大きくて力強い瞳が印象的な女性が現れました。そしてその左目の横に「泣き黒子《ぼくろ》」が特徴的にあります。まわりにいた男たちがため息を漏らすほどの美しさです。普段アンネ以外の女性にはあまり関心を示さないゲオルグまで、ぼうっとして見とれてしまったほどでした。

「なるほど、確かに何でもローマが一番と思ったら大間違いだ」

ゲオルグが感嘆の声を上げると、アルベルトはその意を察してはにかんで見せました。

女性は柔らかなほほ笑みを浮かべながら、ゲオルグとアルベルトの座っている所までゆっくり歩いてくると、そっとアルベルトの脇に腰を下ろし、しなだれかかりました。

二人は軽い口づけをかわすと、アルベルトがゲオルグに妻を紹介しました。

「ゲオルグ、私の妻、アテナだ」

「ああ、初めまして。ご主人とは懇意にさせてもらっている」

ゲオルグも笑顔で答えます。すると今度は、アテナにゲオルグを紹介しました。

「彼が、ゲオルグだ」

「夫から話は伺っています。戦場では大変お世話になったそうで」

耳に心地いい澄んだ声でそう話しかけられ、ゲオルグは一瞬、動揺してしまいました。

「と、とんでもない、アルベルトにはいつも私が助けてもらっている。命の恩人だ」

ゲオルグは、はっとして我に帰り、平常心を取り戻そうとしましたが笑顔が少しぎこちなかったかもしれません。それに気づいたのかどうか、アテナはにこやかにほほ笑みました。

不思議な感覚でした。アンネに出会った時の衝撃とはまた違いましたが、アテナを初めて見た時にほかの誰とも違う衝撃あるいは感覚を覚えました。それは、とても懐かしくて温かいような感覚だったのです。

その正体が何なのかわかりませんでした。ただゲオルグは自分がアテナに惹かれ始めていることを自覚し、その思いを振り払いました。何といっても、かけがえのない戦友の妻であり、それに自分には愛する人がほかにいるのです。


幸いゲオルグがアテナに感じたほのかな思いは、まだとても小さい萌芽《ほうが》に過ぎませんでした。すぐに打ち消したことで、それは大きな炎に燃え上がることはなかったのです。おかげでゲオルグは宴の間じゅう、仲むつまじく戯れるアルベルトとアテナの二人の姿をほほ笑ましく感じることができました。

命運をともにした戦友で尊敬する将校でもあるアルベルトが愛する人と出会い結婚し、こうして幸せに包まれている。それは、ゲオルグにとっても嬉しいことでした。

同時に、幸せそうな二人を見ていてうらやましく思ったのも事実です。

ふと、ローマに残してきたアンネを思い出していました。よく考えてみれば、最初の出会いこそ鮮烈でしたが、アンネとは数えるほどしか会っていません。それも、ユリウスの屋敷でいつも限られた時間に逢瀬を重ねるだけでした。むしろ彼女の母親であるルナのほうが、近い存在だったと言えるかもしれません。

その時脳裏に、アンネの面影に重なってルナの美しくも淫靡な容貌が浮かび、ゲオルグは思わず身ぶるいしました。ローマに帰ってアンネと結ばれたい気持ちはもちろんあります。けれどもそれは、同時にルナとの関係を再開することになるのです。

もしルナとの関係をアンネに知られたら、と想像をするだけで心臓が押し潰されるのではないかと思うほど、ゲオルグの胸は痛みました。

## 第四節　エジプトに散る

「じゃあ、行ってくるよ、アンネ」

寒さの中にも、いくぶん春の暖かさが感じられるのが早春のローマです。そのローマの夕日に染まるパルティヌスの丘に建つ立派な邸宅に、甲冑《かっちゅう》よりもトーガ姿が似合うようになったゲオルグがいました。

エジプト駐留が長引いていたカエサルが、内戦の機に乗じてローマ属州内アナトリア地方に攻め込んだポントス王を討ち取るために、ようやく重い腰を上げてからすでに三年が経っていました。

ポントスへの派兵を機に内戦を再開したカエサル軍は、北アフリカに逃げたスピキオ、カトらを討ち取り、次いで、最後まで抵抗していたポンペイウスの遺児らの勢力をヒスパニアで一掃したのです。あっという間に内戦を終結させてローマに凱旋したカエサルは、終身独裁官に就任し、事実上の専制体制を確立していました。

もはや軍事力でカエサルに対抗する勢力は皆無でした。子飼いの部下たちや自分の影響下にある属州の族長を大量に元老院へと送りこみ議会を完全に掌握した今、カエサルに立ち向かえる者など、もう誰もいなかったのです。

そして、ガリア戦に続いて元老院派との内戦でも功績をあげたゲオルグは、軍内で出世頭となっていました。今や元老院議員でもあります。

名実ともに一族の再興を果たしたのです。

私生活でもローマ帰国後にアンネとめでたく結婚をすませ、初めての子供クラックスも授かりました。何もかもが順調で、誰もがゲオルグの成功と幸せを称えていました。

アンネはそのゲオルグとの間に最初に生まれた愛の結晶はとてもいとしく感じられたのです。そしてクラックスの「キリッ」とした唇がとても印象的だったため無性に好きで好きでしかたがないのです。だから、アンネはいつでも抱き上げるとクラックスの唇に軽いキッスをするのが常でした。

そして、その側には常にアンネが子供の時からいつもやさしくお世話してくれている「ルマニア」おばあさんが温かく見守っているのです。出身がドナウ川の北つまりローマ帝国外隣国「ダキア国領」なのですが、一部のローマ市民もダキア人と雑居しているようなところなのです。

ルマニアおばあさんは、いつも明るく楽しい女性であり、暗いことでも明るく笑い飛ばすような人なのです。そう、いつも大きな声で笑っているのです。その小柄な体のどこにエネルギーが詰まっているのかわからないけれど大きな笑い声がまわりから絶えることがなかったのです。

そしてアンネにとっては、なぜか不思議にいつも見守ってくれるようなとてもやさしい女性なのです。また何か困った時とか女性らしく恋愛・結婚とかの悩みについては母親ルナよりも先に相談していた相手だったのです。

「あなた、いってらっしゃい。気をつけてね」

アンネは相変わらず美しく、献身的に夫を支えました。ゲオルグはアンネと優しく口づけを交わすと、今度はアンネの腕で眠る幼い我が子に「坊やにも」と言いながら、すやすや眠る横顔にキスしました。

そうして、もう一度アンネに向き直り「いってくる」と言うと、アンネも優しく笑顔を返しました。

「婿殿、お気をつけて」

そこにはもう一人、ゲオルグを見送る女性がいました。アンネの母親であり、今ではゲオルグの義母となったルナでした。

「お母様、わざわざお見送りいただき光栄です。では、いってまいります」

表向きには義理の母子という関係を装いながら、ゲオルグとルナの関係は続いていました。アンネを裏切っていることに後ろめたい気持ちを抱えながらも、ゲオルグにはどうしてもルナが必要だったのです。

立身出世を果たしたゲオルグに、ルナの助力は必ずしも必要ではなかったのですが、それは単純に、ゲオルグの男としての欲望ゆえでした。

色恋沙汰の経験に疎く、結婚後も恥じらいを失わないアンネの純粋さを愛おしいと思う半面で、男としての本能を満足させることはできなかったのです。満たされない欲望を、恋愛の駆け引きにたけたルナに求めたのでした。

これは、思いもよらぬ効果をもたらしていました。ローマの男女は元来、性には比較的、奔放でした。まして裕福な貴族なら愛人の一人や二人抱えているのがむしろ当然といえた時代の中でゲオルグは無類の愛妻家として通っていたのです。これは歳が若く無名な新人の元老院議員にとっては清廉潔白なイメージとなり、市民の支持を得るのに役立ちました。

愛人宅に通うわけでも、妻の留守を見計らって不倫相手を自宅に招くわけでもなく、仕事が終わればまっすぐ帰宅するゲオルグを疑う者はいなかったのです。それは、アンネにしても同じことでした。「誠実な夫だ」と心の底から思っていました。実は、ほかでもない、その家の中に浮気相手がいるとも知らずに。

かつてはルナとの関係を終わりにしたいと望んでいたゲオルグでしたが、戦場から身一つで成り上がり自分の力で一族の再興を果たした自信と余裕が、心境の変化をもたらしていたようです。「きっと大丈夫、うまくやっていけるさ。いや、きっとそうしてみせる。俺にはそれができるんだ」そんな慢心とも、おごりとも取れる心理がゲオルグを支配していました。やがて、その心の緩みが身の破滅を招くことになるとは、この時、夢にも思っていなかったでしょう。

今はただ、短くはかない栄光に満ちた時間を永遠のものと信じて疑わずに日々を謳歌《おうか》する、ありきたりのローマ人の姿そのものだったのです。


パルティヌスの丘を下りティベリス川沿いの道に出ると、人々でごったがえすいつもと変わらぬ光景が広がっています。ほどなく目的地であるポンペイウス劇場にたどり着きました。すると、劇場の入り口手前に見慣れた顔を見つけ、ゲオルグのほおが緩みました。

「アルベルト、それにベントニウスまで。久しぶりだな、ベントニウス、どうした、こんな所で」

そこにいたのは、若き日にともにガリア戦を闘った二人の戦友でした。

ゲオルグと同じく元老院議員に就任したアルベルトとはローマに戻ってからも一緒に行動することが多かったのですが、ガリア戦後は退役して商人に転身していたベントニウスからは、このところ音沙汰がなかったのです。意外な所での友との再会を喜んだゲオルグでしたが、先にいたアルベルトとベントニウスの様子がおかしいことにすぐ気づきました。

「どうした、何かあったのか」

ゲオルグの問いかけに答えたのは、アルベルトのほうでした。

「それを先ほどからベントニウスに聞いているのだが、どうも要領を得ないのだ」

「いったい、どういうことだ、ベントニウス？」

ベントニウスは煮え切らない生返事をしながら、困ったように苦笑いを浮かべるだけでした。

確かにベントニウスの様子はおかしい。けれども本来、隠し事のできるようなタイプではなく、自分から何かをたくらむようなことはしない。だとしたら何か言えない事情があるのか、さもなければ誰かに命じられしかたなく何かに加担しているかのいずれかになる。

『命じられている?』

ゲオルグの考えがやっとそこまで及んだところで、突然アルベルトが顔色を変え、脱兎《だっと》のごとく劇場の中へと駆け込んでいきました。何が起こったかはわかりませんが、アルベルトが何かを察知したのは間違いありません。ゲオルグも、アルベルトが駆け込んでいった後を一目散に追っていきました。

するとアルベルトやゲオルグが走っていく劇場の奥から、多くの人たちがわっと逃げ出してくるではありませんか。そのほとんどは、劇場内の議事堂に参集していた元老院議員たちです。ゲオルグはそのうちの一人を捕まえて、問いただしました。

「何があった!」

「誰かが刺されたらしい。剣を持った大勢の男たちが議場にいた」

その年老いた議員は、ひどくおびえた様子で震えていました。どうも悪い事態が起こったようです。

とにかく今は議場へ急がなければなりません。ゲオルグは議場へ向かう回廊を走りました。

議員たちはあらかた逃げたようで、もう誰もそこにはいませんでした。

無人の回廊をめぐって議場にたどり着くと、そこには呆然《ぼうぜん》と立ち尽くすアルベルトの姿がありました。

見ると、アルベルトの足元に、トーガで頭からすっぽりと覆われた人間らしいものが横たわっています。あたりには血が飛び散り、何ともいえない臭いが充満していました。戦場で何度もこういう場面に遭遇したゲオルグには察しがつきました。これは、死んだばかりの人間が放つ臭い。実行者の姿はすでになく、たった今ここで、凄惨《せいさん》な暗殺が行われた痕跡だけが生々しく残っていました。

殺されたのは、誰か？ ゲオルグにも、その答えはすでにわかっていました。

ローマの英雄にして終身独裁官であるユリウス・カエサルその人だったのです。

『やられた……』

まさか議場で襲うとは、予想もしていなかった盲点でした。

気がつくと、そこにはアントニウスも到着し、トーガでくるまれた物体を無言で眺めていました。

「俺たちがついていながら、どうしてだ？」

アントニウスはまるで独り言のようにそれだけつぶやきました。

終始二十四人もの護衛官に守られていたカエサルですが、慣例により護衛は議事堂に入れず、武器の持ち込みも禁止でした。とはいえ、ローマの最高権力者が無防備では困ります。そこで、アントニウスを始めとする軍人出身の元老院議員がそれとなくカエサルを護衛する役割を担っていたのです。

暗殺者も当然、その点を危惧していました。そこで、暗殺実行の邪魔になりそうな人物をあらかじめカエサルから引き離す作戦を立てたのです。カエサルの腹心アントニウスはもちろん、アルベルトやゲオルグも、まんまとその作戦にはめられたのでした。

議場の出入り口付近に仲間を待機させ、カエサル子飼いの議員を見つけたら足止めさせるというのが彼らの計画でした。アントニウスを議場の外で引きとめる役割を担ったのは、カエサルの部下でアントニウスの同僚だったトレボニウスだったといいます。引きとめた時間は、それほどなかったでしょう。わずかでもアントニウスらが議場に入るのが遅れればそれでいい。必要なのは、ほんの一瞬に過ぎないのです。

その一瞬だけできた隙をねらって、十数人の暗殺者が襲いかかりました。カエサルの身体に残された刺し傷は二十三か所に達したのことです。暗殺者どうしが互いの手を切り合うほど激しく振り回した刃の嵐に、歴戦の勇者カエサルも反撃するいとまも与えられないまま倒れたのでした。

自分の死を悟ったカエサルは遺体を衆目の前にさらすまいと、崩れ落ちながらも身にまとっていたトーガで自らを包みました。倒れた場所は、かつての盟友にして数年前、自らが死に追いやったポンペイウス像の足元だったといいます。

「ベントニウス、あいつが足止めさえしなければ。あいつは、閣下を裏切ったのだ。そして友達だった俺たちをも……」

アルベルトは顔面蒼白で何かをつぶやいていました。ゲオルグも頭の中が真っ白になり、放心状態です。一人、冷静に判断したのはアントニウスでした。

「ここは危険だ、ひとまず逃げるぞ。お前たちも、それぞれ安全な所で待機していろ」

言い終わる前にアントニウスは走りだしていました。その言葉にはじかれるように、ゲオルグも正気を取り戻しました。

「ベントニウスが裏切った。いや、そのことは今は考えまい。とにかく逃げるんだ」

ゲオルグは、まだ放心状態のアルベルトの手を強引にひっぱり、劇場を後にしました。


深夜になってもローマ中が騒然としていました。

カエサル死す。

その報せは瞬く間にローマ全土へ知れ渡りました。これから何が起こるのか、為政者や軍閥、軍属などの実力者から一般の市民、奴隷たちまで、誰もが固唾《かたず》をのんで見守っていました。異様な雰囲気が街を包む中、パルティヌスの丘にたたずむ館でゲオルグは恐怖におびえていました。

「思った以上に事態は深刻だ。元老院派のブルトゥスだけじゃなく、カッシウスにデキムスまで暗殺に加担していたようだ」

急を聞きつけ、駆けつけてくれたヨハネスが状況を教えてくれました。

内戦に敗れ一度は投降したブルトゥスでしたが、権力を手にしたカエサルが独裁体制を固めようとしていることに危機感を募らせていた……ということだったのです。

もし反乱部隊が軍を組織してカエサル派の一掃を始めたら、軍団を持たない今のゲオルグたちでは到底、太刀打ちできません。まさに、絶体絶命の危機です。

「いよいよとなったら覚悟を決めるしかないか。アンネ、君だけでも子どもを連れて逃げてくれ」

ゲオルグはうなだれ、力なくつぶやきました。そこにはもう戦場で見せた猛々しい姿はなく、ただ事態に翻弄され、おびえるだけの中年男がいました。若い頃貴族としての名誉も財産もなく、失うものがなかったゲオルグには希望だけがありました。あの頃の輝きは、今となってはもう跡形もありません。

すっかり自信をなくし打ちひしがれているゲオルグを見るのがつらくて、ヨハネスが視線をそらすと、そこには、やはり暗く沈んでいる別の男がいました。アルベルトです。

「アルベルト、何とかローマを脱出する方法を考えよう。君はエジプトに残してきた家族のもとに戻るといい」

「申し出には感謝する、ヨハネス殿。しかし私には、カエサル閣下に返さなければならない恩義がある。裏切り者を成敗するまで私はここを離れない」

アルベルトはゲオルグと違って、ただ打ちひしがれているだけではありませんでした。静かに激しい怒りを燃やしていたのです。

「アルベルト、気持ちはわかるが彼らにも理由があるはずだ」

ヨハネスは冷静さを取り戻そうとしましたが、アルベルトの怒りは収まりません。

「元老院派の連中なら、まだわかる。自らの信念を貫いたにすぎない。だから彼らを怨《うら》んではいない。我々が甘かっただけだ。しかしカエサル閣下につき従いながら裏切り、恩を仇で返した者たちは決して許さない。カッシウスにデキムス、そしてベントニウス、あいつまで」

「すまないが、ベントニウスは私に免じて許してもらえないだろうか。彼は暗殺に手を下したわけではないし、あいつのことだから大得意の貴族にでも無理やり頼まれて断れなかったんだろう。あなたにとっても戦友のはずだ」

「いや友だからこそだ。友だからこそ、私たちがこの手でけりをつけなければならない」

「なあゲオルグ、君からも何とか……」

頑《かたく》なな態度を崩さないアルベルトの様子に、これ以上何を言っても無駄だと悟ったヨハネスは、ゲオルグに助けを求めようとして途中で思いとどまりました。すっかり気の抜けたようなゲオルグを見て、アルベルト以上に処置なしだと感じたからでしょう。そんな、ふがいない様子のゲオルグにアンネはただ、おろおろするばかり。気丈に振舞っていたのは、ルナだけでした。

「婿殿、いい加減になさい。いつまでもしょげていても何も始まりませんよ」

ルナは、うなだれるゲオルグの背中を平手でピシャリとはたいたものの、反応すらしない様子を見て、うんざりした顔をしていました。


絶対権力を握ったローマの支配者、カエサルの死は、ローマのさらなる混乱と新たな戦禍の勃発を予想させました。ところが暗殺者たちの凶行から数日も経つと、すぐに落ち着きを取り戻し、事態は意外なほどスムースに沈静化へと向かっていったのです。

「アントニウス閣下！　いったいどういうことなのですか」

アントニウスの執務室に血相を変えたアルベルトが駆け込んできたのは、そんな頃でした。

無理やり連れてこられたらしいゲオルグも、何ともさえない顔でアルベルトに続いてきました。

元老院は、暗殺を首謀したカッシウス、ブルートゥスらの行いをカエサルの独裁を阻止するための英雄的な行為として是認し、実行者たちを罪に問わないとする裁定を下していたのです。

アルベルトを落胆させたのは、その決定に長年の腹心であり、カエサルの後任候補の最右翼と目されていたアントニウスも加わっていたことでした。

すぐにでも反乱者たちの討伐に出発するものと勢い勇んでいたアルベルトは、真意を問いただそうと、アントニウスのもとに駆けつけたのです。

「おお、おまえか。まあ、落ちつけ」

アントニウスは怒りに震えている彼を一瞥《いちべつ》しただけで、すぐにまた書類に目を戻しました。

「とても落ち着いてなどいられません。逃亡中の反乱軍は着々とローマ進行の準備を始めているというのに。すぐにでも逆賊を討つべきです」

アントニウスは顔を上げると、今度はアルベルトの目をしっかり見据えました。

「おまえの忠誠心は、わかっている。私だって今すぐ討伐に行きたい。しかし、今は状況を見なければ。うかつに動けば私たちが逆族扱いされかねないんだぞ。それこそ、やつらにとっては思うつぼなんだ」

カエサルの人気は依然として高く、葬儀には英雄の死を悼む大勢の市民が詰めかけました。その一方で有力者の間では、独裁に走ったカエサルを非難する声も根強くありました。状況がどちらに転ぶかまだ予断を許さなかったのです。

復讐の怒りに燃えるアルベルトに対し、カエサル亡き後の権力を巡る駆け引きの最中にあるアントニウスでは、しょせん話は噛み合いません。あくまでも慎重なアントニウスは、アルベルトがどれだけたきつけても動こうとはしませんでした。

カエサル亡き今、軍団はアントニウスの指揮下にあります。そのアントニウスが動かない以上、アルベルトにはどうしようもありません。納得できずに執務室を後にするアルベルトを、ゲオルグは追いかけました。

「アントニウス閣下の言う通りだ、今は時期を見なくては」

「こうなったら、わがゲルマン騎馬隊二百騎だけでも開戦に踏みきるのみ」

アルベルトはゲオルグの問いには答えず、独り言のようにぶつぶつとつぶやきました。

「おい、アルベルト……」

アルベルトの思いつめた表情にすごみを感じたゲオルグは、言葉が詰まって何も言えなくなってしまいました。するとその時アルベルトの巨体が不自然に傾いたかと思うと、ゆっくりその場にくずれおちました。

「どうした、アルベルト！」

アルベルトは、うずくまったまま震えています。ゲオルグの問いかけにも答えません。

「よし、今医者を呼んでくる」

ゲオルグが走りだそうとした時、

「待て、大丈夫だ。大事ない」

そう絞り出すように言うと、よろよろと立ち上がりました。心配そうに友を見つめるゲオルグ。

「いったいどうしたんだ」

「ただのめまいだ。大丈夫、本当に何でもない」

アルベルトの顔面は蒼白で、額には汗が浮かんでいます。どう見ても大丈夫には思えません。けれども何度聞いてもアルベルトは「大丈夫、何でもない」と繰り返すばかりなのでした。そのふらふらした足取りのまま家路につくアルベルトの後ろ姿をゲオルグは見送るしかなかったのです。


ゲオルグのもとにその報せが届いたのは、二人でアントニウスの執務室を訪ねてから一か月後のことでした。季節は、もうすっかり春の匂いがする頃になっていました。アルベルトの病状は日増しに悪化していましたが、まだ若く人並み以上に体力のある彼なら、いずれ回復するだろうとまわりの誰もが楽観視していました。しかし、アルベルトが立ち上がることは二度とありませんでした。

自らの命が尽きることを悟った彼は、従者に友の名を告げました。

「ゲオルグを呼んでくれ」

ほどなく、ゲオルグのもとにアルベルトの使者が訪れました。

ゲオルグは、取るものもとりあえず急いでアルベルトの邸宅に向かうと、彼はまだ、そこに寝ていました。

「おお、ゲオルグ、よく来てくれた」

「アルベルト……」

　ゲオルグは病床の友にゆっくり近づくと、差し出された手をしっかり握り返しました。その顔はやつれ目に生気はなく、頑強な肉体は無残にやせ衰え、日に焼けて浅黒かった肌は透き通るような白に変わっていました。

「ゲオルグ、よく来てくれた。最後に、君に会えてよかった」

「何を言う、アルベルト。あきらめるな、きっと治る」

　ゲオルグは、目からこぼれ落ちる涙をこらえることができませんでした。

　そんなゲオルグをアルベルトは温かい眼差しで眺め、ゆっくり首を横にふりました。

「いや、わかるのだ。私はもうすぐ死ぬ」

　ゲオルグは言葉に詰まって声が出ませんでした。

「軍神に捧げた命だ、この世に未練はない。ただ……」

「ただ、何だ？」

「無念だ。この私が……ゲルマン騎兵の私が名誉ある戦場ではなく、病ごときに倒れるとは。せめて闘いの中で死にたかった」

「そうだ、あなたには戦場がよく似合う」

「最後に、君に頼みがある」

「何だ、何でも言ってくれ」

「エジプトに行くことがあったら、アテナのことを頼む」

「わかった、約束する」

「それと、もう一つ」

「おお、いくつでもいいぞ」

「カエサル閣下の復讐を果たしてほしい。デキムス、カッシウス、それにベントニウスを私に代わって討ってくれ」

「それは……」

「わかっている。他の武将はともかく、ベントニウスは、君にとっては子どもの頃からの親友だ。でも、彼は君を裏切った。君が戦士なら、たとえ友でも忠誠を裏切った者を決して許してはならないはずだ」

アルベルトはこの時ばかりは危篤《きとく》状態の病人であるのを忘れさせるほど、その言葉に勢いがあり、手を握り返す力も往年の頃に戻ったかのようでした。その迫力にゲオルグも思わず気圧《けお》されました。

「そうだ、俺たちは戦士だ」

「頼んだぞ、ゲオルグ。君だけが頼りだ。くれぐれも頼んだぞ」

安心したように言い残すと、アルベルトはゆっくり目を閉じました。その瞬間ふっと全身の力が抜け、握っていた手がベッドにぽろりと落ちました。

そのままアルベルトは永遠の眠りについたのです。

紀元前三一年の秋、パルティヌスの丘にたたずむ邸宅で曇天の下、アンネは考えごとにふけっていました。

「母上!」

呼ぶ声に振り返ると、たくましい青年に育っていた父親似の我が子クラックスが息せききって駆けてきます。そのただならぬ様子に、アンネは胸騒ぎを覚えました。

「母上、急使です! アクティウム沖でローマ軍とエジプト軍が交戦し、アントニウス軍は全滅とのことです」

恐れていたことが、ついに起きてしまいました。アンネは、何気なく手に持っていた服の裾をギュッと握りしめました。カエサルが後継に指名したオクタヴィアヌスは、まだ弱冠十八歳の青年でしたが、見事な統率力を発揮しました。また、常に一緒にいるアグリッパの活躍もあったようです。そしてカエサル暗殺を正当化する声を黙らせ、首謀者のブルトゥスを始め、暗殺に加担した者たちをまたたく間に一掃してしまったのです。これにより内戦がカエサル派の完全勝利に終わり、ゲオルグも再び元老院議員として復権。平穏な日々が戻りました。けれども、安息は長く続きませんでした。反乱軍討伐のため、いったんは手を組んだアントニウスとオクタヴィアヌスでしたが、しょせん、二人の英雄は並び立ちません。いつかは、決着をつけなければならない運命だとわかっていたでしょう。

やがてエジプトに拠点を移したアントニウスがクレオパトラと親しくなり、ローマをかえりみなくなった頃から、決戦は避けられない状況となっていたのです。

アントニウスの副官となったゲオルグは好むと好まざるとにかかわらず、その闘いの渦中へと引き込まれていったのでした。

「ああ、ゲオルグが……」

アンネは失意のあまり目の前が真っ暗になり、立っていることができませんでした。

息子のクラックスが慌てて駆けより、くずれおちる母親を必死に受け止めました。

「どうかお気を確かに。まだ父上が亡くなったと決まったわけではありません。父はこれまで必ず生きて帰ってこられました。今もどこかで生き延びているはずです」

「そうね、希望は捨てないわ。でも、もしも、もしも……ああ、ゲオルグ」

アンネはクラックスの大きな胸の中で泣き崩れました。

ゲオルグのことを思うと、アンネは心配のあまり胸が張り裂けそうになりました。「大丈夫」と思いたいのに「もしも……」という声を振り払うことができず、考えるだけで気が狂いそうでした。

「あの時もっと強く言っていれば、こんなことには」

あの時……。カエサル暗殺の数年後、パルティア戦に赴くアントニウスに同伴してエジプトに行くことになったゲオルグに、アンネは結婚してから初めて意見をしました。

「あなた、お願い。もう戦争には行かないで」

ゲオルグの身を案じることはあっても、何かを要求したことなどない従順な妻の願いでしたが、彼には聞き届けられない理由がありました。

「アンネ、そういうわけにはいかないよ」

「昨日はあなた自身も『行きたくない』とおっしゃっていたではありませんか」

　昨晩は、ゲオルグにしては珍しいことに弱音を吐いていたのでした。

　戦争に行く時はいつも、まるで近所に散歩にでも行くかのような気やすさで「行ってくる」と出かけていったのが、昨日は終始うつむきかげんで、ぽつりと「ああ、……行きたくないな」という本音をのぞかせていたのです。

　アンネには、その様子が気になってしかたがありませんでした。

「そうだったね。私も歳をとったのかな。でもアントニウス閣下が失脚するようなことがあれば私たちは没落するしかないのだから、嫌だろうが何だろうが行かなければ」

「あなたがいれば貴族の身分なんかいらないわ」

「おいおい、アンネ」

「広い屋敷も、きれいな服も、たくさんの使用人も豪華な食事もいらない。どんな苦労だって耐えてみせる。あなたを失うことに比べたら何でもないわ」

「君は没落した貴族のみじめさを知らないからだ。私はもう二度と戻りたくない。せっかく命を賭けてここまで這い上がってきたのに、それを手放すことはできないよ」

　結局、何を言ってもゲオルグが首を縦にふることはありませんでした。

　ゲオルグは愛の力を信じなかったのです。没落した貴族の生活は、アンネが想像する以上に苛酷だったでしょう。厳しい世間の風に時には負けそうになり、くじけそうになり、絶望に打ちひしがれる日も来るでしょう。けれども愛の力を信じ、二人で力を合わせれば、きっと乗り越えられるはずでした。

少なくとも、この時のアンネにはその覚悟があったのです。しかしながらゲオルグはその愛を信じることができなかったのです。目の前に見える地位や名誉に捉われ、愛する人を置き去りにして旅立っていったのでした。

それからさらに数年が経ち、状況は悪くなるばかりで、ついにアンネのもとに最も聞きたくない報せが届いてしまったのです。

アクティウム沖で、ゲオルグの所属するアントニウス軍が壊滅したという報せが届いてから一か月。ゲオルグの行方は杳《よう》として知れませんでした。唯一の望みは、「戦死した」という報告も届いていないことです。

階級からして、ゲオルグを捕らえるか討ち取ったことがはっきりしていれば、報告は届くはずでした。はっきりしていないということは、生き延びている可能性もまだ残っているということです。アンネは、そのわずかな希望だけを頼りに毎日、心配と不安で胸を押し潰されそうになりながらも、ひたすら無事を祈り続けました。

一切の享楽を断ち粗末な着物に身を包み、神々への祈りを捧げるだけの日々を送るアンネの姿に、ルナは哀れみを感じました。

「今のあなたは、まるで墓守ですよ。その粗末な格好で毎日毎日、神殿に通っているだけじゃない。奴隷のようにみじめな生活は、もうおやめなさい」

「彼の無事を願って祈り続けると誓ったのです。私には、そんなことぐらいしかできませんから」

「だとしても、貴族らしくもっと優雅になさいな。世間に示しがつきませんよ」

「ゲオルグが帰るまで、とてもそんな気になれません。身を慎むと決めたのです」

貴族の身でありながら、人生の酸いも甘いも知らない娘を不憫《ふびん》に感じたのでしょう。それはルナなりの、娘への気遣いかもしれませんでした。

「もうあの男のことは忘れなさい」

「そんなことは言わないでくださいな、お母様。彼はきっと生きています」

アンネは母親の意外な態度に驚き、そして憤りました。

「もし仮に生きていたとしても、彼はいまや賊軍ですよ。このままでは、あなたや私にまで危害がおよびかねません。いい機会ですから、彼・ゲオルグとは一切の縁を切りなさい。私がもっといい縁談を探します」

これまで母親に口答え一つしたことがないアンネでしたが、この時は違いました。

わなわな震え、激しい怒気を込めた言葉で力強く言い放ったのです。

「嫌です、お母様。私たちは心から愛し合っているのです。二人でいなければいけないのです。あの方以外、考えられません」

アンネの精いっぱいの自己主張も、ルナには通じませんでした。

「へえ、そう？　あちらはそうではなかったようですけどね」

「ゲオルグはこれまで、浮気一つしたことがない誠実な男性ですよ」

「あら、彼は私の愛人だったのよ。あなたたちが結婚する前からつい最近までね。どうやら本当に気づかなかったようね？」

母親の衝撃の告白に、アンネはショックのあまり、くらくらとめまいがしました。

「そんな、嘘です」

「信じるも信じないもあなたの自由です。でもこれは事実です」

この事態をどう受け止めればよいのでしょうか。浮気などしたことがない、あの誠実なゲオルグが、事もあろうに自分の母親と愛人関係にあったとは、とても信じられないし、信じたくない。けれども、母親がそんな突拍子もない嘘をつく理由もわかりませんでした。

言われてみれば、思い当たる節もありました。何度か、夫から女性の匂いを感じたことがあるのです。けれども、夫はずっと屋敷内にいました。浮気などできるはずがありません。自分の勘違いだと思い、気にしませんでした。そんなことが何度かあるのです。

『いえ、でも、そんなはずは……』

打ち消そうとしても、打ち消そうとしても、いったん心に湧いた疑念は消えません。「考えてはいけない」と思うほど、嫌な想像が頭の中をめぐります。

ゲオルグの安否を思い煩うだけで狂おしいほどなのに、そのうえ夫の不貞疑惑に心をさいなまれて、アンネはもはや限界でした。


「愛は肉体関係のあるセックスがなければ無意味よ」

「愛って、そんなものよ、……だって人間だもん」

「なんといってもアンネ!、あなたもそれで生まれたんじゃない、フン!」

「……別に、肉体関係だけでも楽しいし、気持ちがいいんだから……悪くなんかない」

「だって、まわりのみんなも、ウラではそうしているんじゃない……」

「そして……私がしているんじゃない。そう、私の中のもう一人の女がいるの」

「その女の名は『クンダリーニ（子宮）』……そうなの、身体の中にいる彼女クンダリーニが全部そうさせているだけなの。……私は絶対に悪くなんかないの！」


そしてアンネはずっと悩みに悩んだ末、ついに決断を下しました。

ある朝、旅支度をすませたアンネは、いつものように、その日の装いを入念にチェックするルナの前につかつかと歩み出ました。

「お母様。私はゲオルグを信じることに賭けます」

「あら、そう？　ご勝手に」

ルナは、にべもありません。

けれども、アンネもひるみません。

「これから真実の愛を証明してみせますから」

「証明ですって？　どうやって？」

「エジプトに発ちます。彼は生きてどこかにいて、助けを待っているに違いありません。何年かかっても捜し出します」

その言葉にルナが慌てました。

「ちょっと待ちなさい。アンネあなたは何を言っているかわかっているの？　早まったことをするもんじゃありません」

この時代、女性の身でローマからエジプトまでの長旅は、もちろん簡単なことではありません。さすがのルナも、娘の身を案じました。

けれども一度言い出したらアンネは、聞く耳を持ちませんでした。ルナの制止をふりほどき留守を唯一信頼できる息子のクラックスに託すと、振り返りもせずにルマニアなど一行とともにローマを旅立ったのです。

アンネは「この旅で、自分は死ぬかもしれない」と察していました。でも、このまま悶々《もんもん》としてゲオルグの帰りを待つだけの日々はつらすぎます。それならいっそ、真実の愛を貫いて死にたいと決心したのでした。


生死さえわからないゲオルグを捜してエジプトに旅立ったアンネでしたが、その行程は、想像以上に苛酷なものとなりました。

雨の日も風の日も一日中馬車に揺られ、馬が疲れれば自らの足で歩かねばなりません。ローマ市内はおろか、ろくに外出さえしたことがなかったアンネには、とりわけつらい仕打ちとなりました。冷めてまずい食事はだんだんと粗末になり、疲れても身体を休める場所はありません。固い寝床では眠れぬ夜を過ごしました。時には野犬に襲われて逃げまどい、夜盗に狙われ死ぬ思いをしたこともあったのです。

それでもアンネは決してあきらめなかったのです。アントニウス軍の転戦地をめぐり歩き残存部隊を探し出しては、ゲオルグの消息をたずねて歩きました。

そうしてローマを旅立ってから一年後、やっとゲオルグの消息を突き止めた時、そこにはアンネのまったく知らないゲオルグの姿がありました。

その事実を知らなければ、あれほどつらい思いをしなかったでしょうに。けれども、アンネはまだ知りません。追手から逃れるためにゲオルグが隠れ住んでいるという場所を訪ねた時、やっと愛する夫と再会できるという感慨に打ち震えていたのです。

再会したら、まずなんて言おう。

あなたの消息を案じてどれだけ心配したか、待っているのがどれだけつらかったか聞いてほしい。

そうそう、ローマに残してきた一人息子のクラックスがどれほど成長したか、伝えなくては。

あなたに似て、やんちゃだけど、とても母親思いの素直な優しい子に育ったのよ。

あなたを捜してエジプトまで旅をしてきた大冒険の物語も聞いてほしい。

どれだけ長い旅だったか、どれだけ厳しい旅だったか、そして私が意外に勇敢だったことも、ちょっぴり自慢したい。

あなたは、「なぜそんな危ないことをしたんだ」と怒るかしら。

でも、それでもどうしても会いたかったことを伝えたい。

「よくやったね」と褒めてほしい。

「俺も会いたかったよ」と言ってほしい。

そうして、あの大きな腕に抱かれたい。

私はその腕の中で「つらかったよ、苦しかったよ、でも頑張ったよ」と泣くの。そうしてそのまま眠りについて、起きたら、また明日から幸せだったローマでの日常に戻ることができる。もうすぐ、もうすぐ、彼に会える。

アンネはもう、ルナとのことなど、どうでもよくなっていました。

生きてゲオルグに会えるだけで十分でした。ほかには何も望みません。

やがて邸宅の扉が開き、誰かが出てきました。アンネの胸が期待に高まります。


ゲオルグが隠れ住んでいたエジプトの住みかをアンネが訪れた時、そこに現れたのは見ず知らずの女性でした。美しい人です。アンネが凛と咲く穢《けが》れのない白いバラのような美しさなら、その人は七色の光を放って鮮やかに咲き誇る蓮の花のような美しさを持っていました。期待が不安に変わり、胸騒ぎがします。

「ローマのユニウス・アンネ様ですね。主人から話は聞いております。どうぞこちらへ」

『主人？　どういうことなのゲオルグ。いったいこの人は誰なの？』

胸騒ぎが大きくなり、鼓動が速くなりました。

それでも、アンネは黙って女性の導きに従いました。女性はアンネを邸宅の奥へ奥へといざないますが、進めば進むほどアンネの足は重くなりました。胸の鼓動がさらに速くなり、心がかき乱され、狂おしいほどでした。

『嫌、だめ、これ以上は進みたくない。もうやめて』

アンネの心が何かを察知したのか、いいようのない悪寒が充満し、叫びだしそうな衝動に駆られました。それでも、声にならない声をアンネは必死に胸の中へ押し込みました。

やっとの思いで、その部屋にたどりついたアンネはもうそれ以上進めなくなりました。

「だめ、やめて……」

感情が胸の中に納まり切らなくなり、口をついて溢れ出てしまったのです。

それでも女性は、落ち着いた様子でアンネをいざないました。

「奥様、さあ、こちらへ、どうぞお進みください」

開け放たれたドアの向こう、がらんとした部屋にゲオルグはいました。確かに、そこにいました。けれどもその姿は、もうアンネが知っている頃のゲオルグではありません。

巨体を台座の上に横たえられ、首まですっぽりと白い布で覆われていたのです。

目は固く閉じられ、表情に生気はありませんでした。

アンネは声を発することもできず、足はがくがく震え立っていられなくなり、かろうじて従者に支えられているだけなのです。

「一日、遅うございました。ゲオルグ様は昨晩、自害されました」

放心状態のアンネに女性が語りかけました。

「奥様のことは主人から伺っておりました。ローマに帰ることをお勧めしたのですが、もういまさら戻れないと。アントニウス様の意志を継いで軍の再興にかけたものの、それもままならず……奥様？　大丈夫ですか？」

女性の言葉がアンネの耳に、無感情に、うつろに響きわたっているだけです。

「あなたは、誰ですか？」

「私は、私はアテナと申します。私の夫、アルベルトがローマで病死したことをゲオルグ様は伝えてくださいました。そのまま支えを失った私を引き取り、こちらで生活をともにさせていただいておりました」

今、アンネはすべてを悟ったのです。

そう愛し続けたはずの夫ゲオルグは、ローマのなにもかもを捨てたのだと。

アントニウスに従ってローマに反目した。もう国に帰っても逆賊である。この際ずるずると清算できずにいるルナとの関係も、アルベルトの最後の願いであるベントニウスへの復讐を果たせないでいることも、ローマを捨ててエジプトでアテナと新しい暮らしを始めることで、すべてを忘れようとしたのだということを……。

『私は、愛する人に、ローマとともに捨てられたのね』


魂を失ったかのように茫然としたままエジプトを後にしたアンネは、ローマへの岐路の途上、地中海を臨む海辺の町で馬車を降りました。

人払いをし、岬に立ってただ何時間も海を眺めながら、物思いにふけったのです。

ふと、遠い昔の記憶が呼び覚まされました。

それは、いつ頃のことか、よく思い出せないけれども、その時もアンネはこうして岬に立っていました。やわらかい日差しが降り注ぎ、暖かい風が吹いていたのです。

自分はそこに、誰かと二人でいた。とても満たされていた気がする。

けれども、ふと横を見ると、そこには誰もいない。

いいようのない寂しさ、悲しみに心が捉われました。

一瞬、頭が空っぽになり、何も考えられなくなったのです。

岸壁に打ち寄せる波が砕けているのをぼうっと眺めていたら、生きている何もかもがむなしくなりました。

そして、一段と高い波しぶきが上がったのを合図に、アンネははじかれるように空中へと身を投げました。波が彼女の身体を受け止め、あっという間にその身の内へと包み込んだのです。

## 第五節　アリエールとの対話

どれだけ時間が経ったのでしょう。

アンネは、この上なく優しい光に包まれた場所をさまよっていました。

自分が何者なのか、ここがどこなのか、自分は今何をしているのか、まったく考えないまま何をするでもなく、澄んだ空気の森のような所をただ、さまよっていました。心も体もとても軽やかで、澄みきっています。

気がつくと、いつからいたのか隣に美しい女性がほほ笑みを浮かべながらたたずんでいました。その瞬間アンネの心に、ふと「ここはどこだろう」という疑問がよぎりました。

「ここは天国への入り口よ」

言葉にしていないアンネの思いに、女性はすかさず反応しました。

「あ、あなたは？」

「私はアリエール。ここの管理人みたいなものね」

「管理人？　ええと、あれ、そういえば、ここはいったいどこなのでしょう？」

ぼうっとして頭が空っぽの状態だったアンネでしたが、だんだんと思考能力が戻ってきました。

「あれ、えっ!?　ここはどこ？　私は海に身を投げて死んだはずではなかったの？」

「だから、ここは天国の入り口よ。正確に言うと幽界ね。あなたの地上での人生がいったん終わったから、あなたは今ここにいるの」

またしても口に出していないアンネの疑問に、アリエールはすかさず答えました。

「私の人生が終わった……でも、私はいま現にここにこうして生きているじゃないですか。あなたも何だか私の言いたいことが、口に出す前にわかってしまっているみたいで、いったい何なのか……」

混乱しているアンネの疑問に答える代わりにアリエールはゆっくり歩き出し、「こっちにいらっしゃい」と手招きしました。

美しい庭園のような所に着くと、そこには、とても寝心地のよさそうな長椅子があり、見事な細工がほどこされた美しいテーブルにはティーセットが用意されていました。

アンネはアリエールに促されるまま長椅子に座り、目を閉じました。

アンネの閉じたまぶたの上にアリエールがそっと手を添えた瞬間、身体がふっと浮いたような感覚に捉われました。そのまま宙を飛行したかと思うと、突然、目の前に見たこともない景色が広がっていたのです。

奇妙なことにアンネはまだ目を閉じたままで、まぶたの上に添えられている女性の手の感触もしっかりあります。けれども、鮮やかな景色が目の前に広がっているのです。

不思議な感覚にとまどっていると、はるか遠くに見えていた雄大な景色がどんどん近づいてきて雲の層を突き抜け、今度は地上が見えました。間違いない、自分は今、空から地上を見下ろしているのだとアンネは確信しました。そうなると自分は空の上に浮かんでいるはずですが、座っている長椅子の感触も依然として背中にあります。

自分の身に起こっていることに困惑していると、はるか上空から見ていた景色が、まるでズームアップしていくように、ぐぐっと一部が拡大されていきました。落ちていく感覚とはまるで違って怖さはないし、風を切る感覚もありません。

そうしてどんどん地上が迫ってくると、街の姿が鮮明になっていきます。見たこともない景色のはずですが、アンネにはなぜか見覚えがあるような懐かしい場所のように感じられました。

「ローマ……間違いないわ、ローマよ。私は今ローマの街を空から見ているのね」

アンネは歓喜の声を上げました。なぜだか急にわくわくし、楽しくなってきたのです。

「そうよ、あなたが見ているのはローマよ」

姿は見えませんが、アリエールはまだ自分の横にいるようです。はっきりと声が耳に届いてくるのです。すると、さらに景色はどんどんズームアップされ、一つの屋敷を大きく映し出しました。

見覚えのある庭から、それがアンネとゲオルグが暮らしたパラティヌスの丘の邸宅だとすぐにわかりました。人々が集まり何かをしています。みな喪服を着ているところを見ると、葬式の準備をしているようです。

「お葬式かしら？」

「そう、あなたとゲオルグのお葬式よ」

アリエールがこともなげに言います。

「私と、ゲオルグの……」

「そうです、今あなたが見ているのは、海中に身を投げてから一か月後の様子です。従者たちがローマに戻り、あなたとゲオルグの死を家族に伝えたのです」

見ると、母親のルナと一人息子のクラックスが泣いています。

不思議と、悲しみはありませんでした。

混乱していた頭がすっきりしてくると、だんだんと記憶も戻ってきたからです。

「ああ、アンネとして生きた私の人生は終わってしまったのですね。でも、まだまだ長い道のりが始まったばかりのように感じます」

「ようやく記憶が戻ってきたようね。まあ、まだ完全ではないけど、ゆっくり思い出せばいいでしょう」

アリエールは優しく語りかけました。

「はい。何となくですが。私たちは何かを間違っていたようです」

「そうですね。あなたもゲオルグも、自らを縛る思いに捉われすぎていたようです」

「縛る思い？」

「そうです。とりわけ、ゲオルグの場合はそれが強かったようですね」

「ゲオルグが捉われていたもの……よくわかりません。ずっと夫婦だったのに」

「あなたには悟られないようにしていましたから、無理もありません。そうですね、ちょっと時間をさかのぼってみましょう」


相変わらずアンネは目を閉じ長椅子に寝そべったままで、見えないはずの景色を見ていました。場面は突然切り替わり、場所はどこかわからないけれど、牢屋らしい建物の前に立っていました。中には誰かいます。若い青年のようでした。青年がアンネの視線に気づいたのか、ふと振り返った時、アンネの口から予期せぬ言葉がついて出ました。

「おまえ、新兵にしちゃあ、やるな。相手は第十軍団の荒くれ者だぞ。それも五人を相手にしてぴんぴんしている」

自分の意思とは無関係に、言葉がついて出てきます。しかもそれは、男性の声のようでした。

「あなたが見ているのは、ある男性の心を通して見ている景色なの」

アリエールに言われると、なるほどその通りでした。集中すると、男性の心も何となくわかってきます。この男性は、牢屋の中にいる青年に関心を持っていました。

「その牢屋の中の青年に見覚えはないかしら?」

その風貌については、忘れようとしても忘れられるはずがありません。けれども何かが変でした。

「ゲオルグ?　間違いないわゲオルグよ。でも私が知っている彼よりずっと若い人のようですけど」

「今見ているのは、あなたと出会うずっと前、まだ少年の頃の彼よ」

「そう言われれば、ずっと幼い感じです。何だか息子みたいで可愛いわ。でも何で牢屋に入っているのかしら」

アンネは、ほほ笑ましい感情に包まれました。

「軍の中でケンカ沙汰を起こしたようね」

アリエールがそう言った瞬間に、また視点が切り変わりました。

今度は、自分が牢屋の中から外を見ています。どうやら、今度はゲオルグの心を通して下界を見ているようです。アリエールの意図を悟ったアンネは、先ほどと同じように意識を集中してみました。すると、ゲオルグの心がだんだんわかってきました。

「そう、そうだったの。ごめんなさい、あなたのことをわかってあげられなくて」

アンネは独り言のようにつぶやきました。そのほおには涙が一筋、また一筋と流れていきました。ゲオルグは、尊敬していた父親が収賄《しゅうわい》の嫌疑をかけられて失脚したことをひどく気にやんでいました。その事実を生前のゲオルグは一切口にしなかったので、この時になってアンネは初めて知ったのでした。父を陥れた者に対する怒り、一族の名誉を回復したいという一途な願望、その痛々しいほど純粋な心が伝わり、涙を禁じ得なかったのです。

「今度はもう少し、あとの時代を見てみましょう」

アリエールの言葉を合図に、景色はまたガラッと変わりました。

見慣れた景色が目の前に広がりました。懐かしい我が家、ゲオルグと暮らしたローマの家です。ここでもまた、ゲオルグの心を通して地上の世界を見ているようです。

目の前には、アンネもよく知る人物、ルナがいました。

しかしルナは、アンネには見せたことのない、女性としての一面をゲオルグに対して向けているのがわかりました。甘い言葉でゲオルグに迫り、手をその身体に這わせたのです。ゲオルグの心の中にも、欲望の火がついていることがアンネの心に伝わり、言いようのない嫌悪感に襲われました。

そうして次の瞬間、ルナがゲオルグに口づけしようと顔を近づけたところでアンネは耐えきれなくなり、思わず「嫌っ！」と手を突き出してしまったのです。

はっと我に返るアンネ。気がつくとアンネは長椅子に座ったままで、目の前にはまだ湯気の出ている紅茶がテーブルに置かれていました。

アンネが払いのけたのはルナではなく、アリエールの手だったのです。まだ動悸《どうき》がおさまらず悪心が続いている様子のアンネが落ち着くまで、アリエールは何も言わず静かに待ち続けました。

やがてアンネは、わなわな震えながら静かな声で言いました。

「やはり、事実だったのですね」

アリエールは少し悲しそうな顔をしていました。

「あの二人が許せない？」

「何と言ったらいいのか、よくわかりません」

アンネはまだ混乱しているようでした。地上での一生を終えて今こうして天上界に来て初めて、アンネは真実を知ったのです。裏切られていた、だまされていたという怒りとともに、死んだ今となってはどうしようもないことであるとも思っています。それにゲオルグの心を通して見たことで、彼がなぜルナと関係を持ったのかも理解したからなのです。

それでも、どうしても割りきれない思いを抑えることができなかったのでした。

「まだ、アンネとして暮らしていた頃の感情が残っているようね」

「そんなに簡単に忘れられるようなものではありませんよ」

アリエールは震えるアンネの肩にそっと手を置きました。

「彼女ルナも、あなたたちと同じように使命を背負って地上に生まれたの」

「ルナの使命？」

「そうです。彼女はその前の過去世で男性にひどい裏切られ方をして、悲しみにくれた一生を送ったの。その男性は、誰だと思う？」

「誰か？　そんなこと……」

〝そんなこと、自分が知るはずはない〟と言いかけて、アンネははっとしました。心の奥底で、なぜか〝いや知っている〟という声が聞こえてきたからです。

「知っているはずよ？」

アリエールは優しい笑みを浮かべました。

「私です。ルナの過去世で、彼女を捨てた男は私です！」

アンネは自分でもその事実に驚いていました。

「思い出したようね。ゲオルグだけではなく、ルナも過去世で関わりを持っていたのよ。それも、一度や二度ではありません」

「でもなぜ、何度生まれ変わっても同じ魂と一緒になるのでしょう？」

「それは、あなたたちがソウルメイトだからです」

「ソウルメイト？」

「人間はみな誰も、それぞれに使命を持って生まれてきます。けれども、その目的は使命を達成することだけではありません」

「どういうことです？」

「使命を達成するために苦しみや悲しみを体験し、つらい試練を乗り越えることで、魂が磨かれていきます。それが大事なことなのです」

「魂を磨くために使命があり、試練があると？」

「そうです。その試練が苦しければ苦しいほど、困難であればあるほど、魂は美しく磨かれ霊として成長するのです。そのために時にはお互いに試練を与え合う存在として、また時には助け合う存在として、互いに魂の修行をする仲間がいるのです」

「それがソウルメイト。ルナは、ソウルメイトだったのですね」

「ルナだけではありませんよ。息子クラックス、エジプトで会ったアテナという女性、それから、ゲオルグの親友であるアルベルトやベントニウス、ヨハネスもそうですし、まだほかにもいます」

「言われてみれば、みんな過去に会ったことがあるような気がします」

「あなたたち『人間の魂』は、何度生まれ変わっても何らかの関わりを持つようになります。時には親子や兄弟として、また恋人や友人、宿命のライバルや恋敵のこともあれば、主人と奴隷ということもあります」

「ゲオルグだけではなかったのですね」

「その通りです。あなたとゲオルグはツインソウルとして生まれ、お互いに真実の愛に気づくまで何度でも生まれ変わり、現世で魂の修行をします。そのサポートをするソウルメイトたちもまた、それぞれに使命があり、お互いの修行を助け合っているのです」

「するとまた、彼らと会えますか」

「ええ、もちろん。今回ソウルメイトの中では、あなたとゲオルグが先に亡くなりました。みんな地上での生涯を終えると、この天上界に上ってきます。そうしてまた以前のように、ここで一緒に学び、時期が来れば再び地上に降りて修行の旅をするのです」

「それがお互いにわかっていれば、あんなにも悩み苦しまなくて済むのですが」

「そうですね。地上では過去世の記憶も、天上界での記憶もありませんからね。でも、一つだけ道しるべがありますよ」

「道しるべ？」

「そうです。あなたのまわりで、いつもあなたの相談に乗り、進むべき道を教えてくれた人がいたはずですけど」

アンネは視線を空中に泳がせ、細い記憶の糸をたどっていきました。

すると、一人の人物が記憶の中から浮き上がってきました。

「ルマニアおばさま！」

「そう、その通りよ！」

「おばさまが、まさかそんな。そうだったのね、アリエール」

アンネは驚き、そして歓喜に震え、アリエールに抱きつきました。

アリエールも嬉しそうに、アンネを抱き止めました。

「ああ、やっと思い出してくれたのね」

「本当にルマニアおばさまは、いえ、あなたはいつも私の身を案じてくれて、そうして、正しい道を教えてくれていたのね。それなのに私ったら」

アンネの乳母だった〝ルマニアおばさま〟は、子育てよりも自分の恋愛に忙しかったルナの代わりに母親代わりとなった女性だったのです。いつもアンネの身を案じよき相談相手になり、進むべき道を示してくれたのです。そして今度のアンネのエジプトへの旅にも同行していたのでした。けれども高齢だったため、苛酷な旅に耐えられず旅先で亡くなっていたのです。

アンネはルマニアを旅に同行させたことを悔やみましたが、実はルマニアこそアリエールの地上での分身であり、修行に励む魂たちをそっと見守っていたのです。

「ううん。かまわないのよ。それが私の役割ですから。次に生まれ変わった時も私はどこかで必ずあなたたちを見守っているわ。自分のことを本当に思う人の声を素直に聞くことね。それは私かもしれないわよ」

「ええ、わかったわ、アリエール」

アンネの顔に晴れやかな笑顔が戻りました。もうすでに、地上で暮らしていた「アンネ」という女性ではなく、本来の魂の存在に戻りつつあったのです。

# 第二章

# 「第二都」パリの物語

## 第一節　花の都パリ

この上なく優しい光に包まれた草原のような所で、一人の女性が池の淵に立って水面を眺めていました。そこに一人の若者、透き通った目が特徴の青年が近づいてきます。

「こんにちは、アリエール。ご機嫌はいかがですか？」

アリエールは少し当惑していました。

「あなた、こんな時間にどうしてここに」

若者は、バツが悪そうに苦笑いを浮かべています。

「それが、出そびれてしまって」

「他の者はもうとっくに地上へ降りていますよ」

「そうなんです。今からではもう間に合わないかと」

「もう、ここでの一分間は下界で約一年四か月ですからね。それに今から地上に向かっても下手をすれば、あなたが生まれて成長する頃には、ソウルメイトたちは修行を終えて入れ違いに天上界に戻ってきますよ」

「はい、うかつでした」

女性はあきれた調子で、ふっとため息を一つもらしました。

「しょうがありません。どうせ遅れたのですから、ついでに彼らの地上での様子を私と一緒に見ましょうか」

「はい、そうさせてください」

「ところで、あなたのこと何と呼べばいいかしら？」

「そうですね、それではマシューでいいですか。この間まで地上ではずっとそう呼ばれていたので、何となくしっくりくるんです」

「よろしい。それではマシュー、見てみましょう」

アリエールとマシューは、一緒になって池の水面をのぞき込みました。

水面はまるで鏡のように澄みきっていて、何かを映し出していました。どうも地上のようです。それも、かなり発達した都市のようです。

「ここはどこですか？」

マシューがついつい気になってアリエールに尋ねます。

「場所でいうと、フランスね」

「私たちが前回地上にいた頃より、かなり発達している様子ですね」

「そうね、前回の一生が終わってから、だいたい百五十年後ぐらいになるかしら」

「あの時はイギリスでした」

「ヨーロッパにユグノー戦争・宗教戦争が吹き荒れていた頃でしたね」

「ひどい時代でした。宗教対立をめぐって市民同士にまで虐殺の応酬が広まっていたんですから。ソウルメイトたちも、それぞれ、いがみ合う立場に分かれました」

「必ず裏切られ憎み合うというマイナスの愛を経験することも、魂の修行には必要ですからね」

「ええ。もとより、それは自分で決めたことですし」

「でも、まだすっきりしていないようね」

「お祭しの通り何か釈然としないというか、やり残したことがあるようです。彼とはどこかで再び対峙《たいじ》しないといけないでしょう」

アリエールは何か言いたげに眉をひそめて小首をかしげましたが、結局、何も言いませんでした。その代わり、水面に映された下界の情景にふっと目をやりました。

「うわさをすれば、その彼が先ほど地上で生まれたようです。今回は商家で『ジョルジュ』として生まれたようですね。イギリスの時はジョージといいましたか。あなたにとっては宿命のライバルといってよいかしら」

アリエールの言葉に導かれ、マシューも水面をのぞき込みました。

「ええ、ジョージとは不快な因縁があります。なるほど、そう言われれば面影があるような気がします。まあ、魂のつながりは遺伝ではないので気のせいですかね？」

「ほほう、兄もいますね」

「兄弟でソウルメイトですか？」

「そうね、前回はリチャードでした」

「なるほど、あのリチャードですか。そうか、今回は二人が兄弟になったのか」

マシューは目を細めながら言いました。どこか懐かしそうです。

そんなマシューの様子を見ながら、アリエールはとても意味深なほほ笑みを浮かべていました。

「今回はリチャードが兄のアントニオで、ジョージが弟のジョルジュとなって、兄の後を追って弟が成長していく形ですね」

「そういうことです。今回のフランスでは、軍人として出世していく兄を模範として、商いの道を極めていくことが彼の人生の目標になるでしょう。ここで、もしあなたが遅れずに生まれていたら、彼にとってはライバルの商家になっていたわけね」

「ええ、おっしゃる通りの筋書きでした。しかし、アリエール、少し心配なことがあるのですが？」

「なんでしょう」

「私が地上に出るにあたって、魂の修行のためライバルである彼との闘いの筋書きを描いていたように、彼もまた私との闘いを想定していたはずです」

「ええ、そうね」

「でも私は今回、彼らから大幅に遅れてしまうので、この時代での接点はあまり持てないかもしれません。すると、彼の筋書きも狂ってしまうことになるはずです」

「その点は心配無用です。あなたがいない代わりに、別のソウルメイトがその役割を果たすでしょう。あなたと彼との闘いについても次の機会に持ちこされます」

「なるほど、それなら安心です」

「おや、そうこうしているうちに、彼のツインソウルの片割れも生まれたようよ。女の子ね。名前はアンヌになりましたね」

「ああ、それはよかった。ツインソウルは、男女として生まれるのがベストですからね。それに、今度はほぼ同時に生まれることができたようですし」

「前回はタイミングを逸したのでしたね」

「ええ、彼のほうが出遅れて結局二十歳も歳が離れてしまい、出会った時には彼女はもう別の人と結婚していたので二人の間に恋愛は生まれませんでした」

「そうでした、そうでした」

「ただ今回は年齢は離れていませんが、住んでいる場所はずいぶん離れているようです。ジョルジュはパリですが、アンヌのほうはパリから五〇〇キロも離れたスペイン国境近くのアキテーヌ地方ですよね。それにジョルジュは商人の子で、アンヌは貴族ですから第二身分の家柄です。二人の間に接点は生まれにくいんじゃありませんか」

アリエールはマシューの問いに対して、余裕の笑みを浮かべて答えた。

「その点も心配にはおよびません。これから時代が大きく動きます」

「大きく動くとは、どういうことでしょう?」

「まあ、見ていらっしゃい」


池のほとりでは、あいかわらず涼しい顔のアリエールと、それとは対照的に、やや興奮気味なマシューが下界の様子を食い入るように見つめていました。

「なるほどアリエール、あなたの言う通りですね。時代がどんどん変わってきました」

　地上ではざっと二十年という年月が、まるで早回しのビデオを見るように目まぐるしく変わっていく様子がありありと見てとれます。

　アリエールは、マシューの問いに対して何も言わない代わりに得意げな笑顔を返しました。

「あの悲惨なユグノー戦争も、あるべくしてあった歴史の必然だったのですね。イギリスで私が過ごしたみじめな人生にも、大きな意味があった」

「歴史も突き詰めてみれば、一人ひとりの人生の総和です。結果的に歴史に名を残す人は一握りでも、その時代に生きた人物が誰一人欠けても同じ歴史はつくられませんでした。今そこにいることに必ず意味があり、果たすべき使命があるということです」

　アリエールは何かを教え諭すように、マシューに説きました。

「ひとりの人間の何でもないような生涯の一つひとつに大きな意味があるのだということが、今はよくわかります」

　するとその時、水面に一人の青年が大写しにされました。

「おや、これはジョルジュですね」

　アリエールの言葉に促されるように、マシューが再び水面をのぞき込むと、そこには、いつの間にかすっかり好青年に成長したジョルジュが映っていました。そしてその隣にはとても凛々《りり》しく眉の太さが特徴的な兄のアントニオもいます。

「どこかに向かっているようですね」

「どれ、ここは手助けが必要ね。ちょっとだけ地上に降りてくるわ」

そう言ったかと思うとアリエールは傍らに置かれた椅子に深く腰を下ろし、背もたれにもよりかかって、瞑想でも始めるように目を閉じて深呼吸をしました。

次の瞬間、水面に映る地上の景色の中でちょっとした異変が起きました。何もなかった所にもやもやとした影が浮き出たかと思うと、忽然《こつぜん》と人影が現れたのです。

身分の高い紳士然とした……そしてとても温かみがあるのが特徴的なその男性は、ジョルジュとアントニオをまるで待ち構えるかのように二人が歩いて行く道の先に現れました。

やがて、男性の姿に気づいたジョルジュとアントニオは、親しげに声をかけてきました。もともと知り合いのようです。三人でしばし談笑したかと思うと、この紳士は二人を連れだってどこかに歩きだしました。

「ほほう、わかりましたよ、アリエール。アンヌのいるサロンに誘ったのですね」

アリエールは目をつむって微動だにしませんが、それでもそのわきにいて水面をのぞき込んでいるマシューは何かとても楽しそうです。

ジョルジュとアントニオはこの時、パリロワイヤルあたりで賑わっていた超人気で有名なカフェに行くつもりだったのです。この頃のカフェには、思想家や芸術家などの文化人、軍人、商人などあらゆる階層の人々が集まってコーヒーを飲みながら政治論議に花を咲かせており、革命闘争の謀議の舞台としても使われていたのです。

パリの有力穀物商ドロン家に生まれたアントニオとジョルジュも、たびたびカフェに出かけては議論に加わっていました。

　一方サロンは、身分の高い貴族や政治家たちの社交の場として発達し、中世以降の文化・芸術の発信地になっていたのですが、やはり革命前夜の頃は、秘かに革命を画策する貴族たちの謀議の場としても使われていました。地上に降り立ったアリエールの分身がジョルジュたちをいざなったのは、そんなサロンの一つです。

　なぜアリエールは、ジョルジュたちをこのサロンに向かうよう仕向けたのでしょうか。その答えを知っていたのは、彼らのソウルメイトの一人で、地上に降り立つタイミングを逸して図らずも天上界に取り残されてしまったマシューだけです。

「兄さん、僕はサロンなんて初めてだよ。場違いじゃないかな」

　二人が連れてこられたのは、閑静な住宅街にある立派な邸宅でした。門扉をくぐって、手入れの行き届いた庭を横切ると、噴水を中心にロータリーがしつらえてありました。

　訪れる者を見下ろす巨大な彫刻の奥には、まるで宮殿のような建物が鎮座しています。

　ジョルジュは慣れない雰囲気に少し気圧《けお》されているようでした。無理もありません。体格はずいぶん立派になりましたが、まだ十九歳の世間知らずな青年です。

「なぁに、堂々としていればいいんだよ。ねえ、ロベール先生」

　何度かサロンに来たことのある兄のアントニオは、弟のジョルジョに比べればいくぶんか場慣れしていました。

「兄さんの言う通りだよ、ジョルジュ。ここは、サロンといってもあの進歩派のラファイエット公の息がかかったところだからね。身分やしきたりのようなつまらんことを言う輩《やから》はおらんよ」

ロベールは、アントニオが通う士官学校の教授であり、兄弟に何かと目をかけ人としての道を教え導いてくれる、よき人生の師でもありました。もちろん、ジョルジュたちソウルメイトを見守る指導霊アリエールの分身であることを、二人は知るよしもありません。

そんなロベールの言葉に少しほっとした兄弟は、促されるままサロン内部へと歩を進めました。邸宅に足を踏み入れてみると、なるほど豪華な調度品や絵画などに囲まれてはいますが、雰囲気は街のカフェとさほど変わりません。貴族だけではなく文化人や軍人、平民らしき人まで含めあらゆる階層の人々が集まり、思い思いのスタイルで自由闊達《じゆうかったつ》な議論に花を咲かせていました。

ジョルジュたちの見知った顔もちらほら紛れているようです。そんな人々の中に、ひときわ目立つ紳士がいました。背が高くハンサムで、貴族というより軍人のような雰囲気を持った壮年の男性を、ロベールは「あそこにいるのがラファイエット侯爵だ」と教えてくれました。すると、その姿に気づいたラファイエットが、さっと立ち上がると、きびきびした動作で近づいてきます。

「これはこれは教授、お久しぶりです。ようこそお越しくださいました」

ラファイエットはフランス貴族でありながら、アメリカ独立戦争に私兵を投じ義勇兵として参加していました。独立の英雄と称される活躍をしたあと、革命思想を抱いてフランスに帰還すると、第一身分の貴族や聖職者が幅を利かせていた三部会（高位聖職者で事実上の封建領主を中心とする第一身分、貴族主体の第二身分、平民や農民で構成する第三身分の代表が参加して行われていた議会）に対抗したのです。第三身分のブルジョワジーや知識人、一部の進歩的な貴族、下級聖職者が参加して独自に運営されていた国民会議にも参加し、革命指導者として嘱望《しょくぼう》されていました。

「侯爵、こちらこそご無沙汰してしまって恐縮です」

「お元気そうで何よりです。そちらは確か、ドロン家のご長男だったね」

「いつも父がお世話になっております。ラファイエット侯爵」

「よく来てくれたね。ゆっくりしていってくれたまえ。それで、お隣のたくましい青年は誰かな？」

「はい、未来のドロン商会を担う私の弟、ジョルジュです」

「初めまして、侯爵。ドロン家の次男ジョルジュと申します。本日は、お目通りいただき光栄です」

「いやまだ若いのに頼もしい弟さんじゃないか。兄のアントニオ君は士官学校でも優等生で、弟のジョルジュ君が商売を継ぐのかい。これならドロン家も安泰ですな。ねえ教授」

「まったくです」

「いえ、とんでもない。まだまだ修業中の身です」

ジョルジュは大きな身体を縮こまらせ、顔を真っ赤にして恐縮しました。

その様子がおかしかったようで、アントニオとロベールは声を上げて笑いました。

「何にしても、これからは君のような未来ある若者が活躍する時代だ。歓迎するよ、ジョルジュ君」

「ありがとうございます」

ジョルジュはラファイエット公には持ち上げられ、アントニオにはからかわれて、恥ずかしさで汗が体中から噴き出ていました。

そんなジョルジュの様子に感づいたラファイエットは、すかさず気を利かせました。

「そうだ、まずは飲み物でもどうだい。ジョルジュ君のサロンデビューを祝って乾杯でもしようじゃないか。おぉい、アンヌ、アンヌはいるかい」

と、誰かを呼びました。

「はい、お呼びになりましたか」

その呼びかけに応じて現れた可憐な少女を一目見たとたん、ジョルジュは身体全体を雷に打たれたような衝撃が走り、全身が硬直して動かなくなってしまいました。まるで、天から降りてきた光が少女を包み込むように輝いていたのを見てしまったからです。

こんな衝撃は、生まれて初めてのことでした。

「アキテーヌ侯爵家のご息女のアンヌだ。今はこのサロンを手伝ってもらっている。アンヌ、こちらは王立陸軍士官学校のロベール教授とドロン商会のアントニオ君とジョルジュ君のご兄弟だ。さあさあ皆さまにご挨拶を」

「はい、アンヌと申します。以後お見知りおきを。皆さま、当サロンにようこそお越しくださいました」

アンヌはジョルジュと目が合うと、はにかんだような笑顔を見せました。

「彼女はまだ十七歳だが、このサロンを手伝うために、五〇〇キロも離れたボルドーから単身で上京してきたんだ。まさに現代のフランスが生んだ活発なお嬢さんだよ」

もうジョルジュには、ラファイエットの言葉は何も聞こえていません。心はアンヌにすっかり、くぎづけでした。そんな様子を察知して、アントニオは意味ありげにニヤニヤ笑い、ロベールは満足げな表情を浮かべていたのです。貴族の娘と商人の息子、出会うはずのない二人が運命の出会いを果たしたのは、市民階級が勃興するフランス革命という時代背景を抜きには語れません。しかし実は、二人は出会うべくして出会っていたのです。

## 第二節　熱きパリロワイヤル

一七八九年七月、第三身分出身で改革派の希望の星だった財務総官ジャック・ネッケルが王族の独断で解任されると、革命を支持する人たちの間で一気に議論が沸騰しました。

多くの聴衆が「武器を取れ！」という演説に熱狂し、革命を求める声が満ち満ちました。民衆はその勢いのままパリ市内を練り歩き、シュプレヒコールを上げます。沿道の市民も次々と巻き込んでいき、市民の行進は次第に大きなうねりとなってパリ全土に広がりました。いったん走り出した革命の波は、もう止まりません。それまでくすぶっていた不満や鬱積していたいらだちを一気に開放するように、あっという間に運動の連鎖が広がりました。バスティーユ監獄など主だった軍施設に市民が押し寄せ、武器を奪い取ったのです。ここにフランス革命の火ぶたが切って落とされたのでした。

フランスの全土に騒乱が勃発すると、貴族や高位聖職者（事実上の封建領主）など特権階級は焼き討ちを逃れるために亡命し、三部会は崩壊。第三身分の議員たちと進歩派の貴族や聖職者らが手を組み独自に運営していた国民議会が、事実上の政権を握った形になりました。こうした中、ラファイエットらは一気に改革を進め、封建的特権の廃止宣言に続いてフランス人権宣言の採択にまで突き進んだのです。

一部始終を天上界から眺めていたマシューーは少し興奮気味でした。

「やりますね。ラファイエットは」

これに対して、傍らのアリエールは渋い顔をしています。

「まだまだこれからよ。これからは〝彼〟の出番ね。行ったり来たり慌ただしくなるわ」

そう言うと、再び傍らのイスに深く腰を下ろして瞑想を始めました。それと入れ替えに、水面に映る地上の風景の中にロベールの姿が現れます。

ロベールは、いまや参謀本部となった国民議会を訪れていました。

出迎えたラファイエットは少し疲れた様子です。

「おお、教授、よくぞ来てくださいました」

「なに、私のような老人の出る幕ではないのですが」

ロベールは、ラファイエットの差し出した手を両手でしっかり握りながら答えます。

「何をおっしゃいます教授。教授の軍略家としての手腕が今こそ必要な時です」

ラファイエットはしゃべりながら、ロベールをソファーに誘導しました。

そうしている間にも、ラファイエットのもとには次々と伝令が届けられます。王侯貴族の圧政に耐えかねたフランス国民の圧倒的な支持を受けて、あっという間に改革を成し遂げたラファイエット一派でしたが、王党派も必死の巻き返しを図っているのです。

民衆からの集中砲火によって、ほうほうのていでパリを追われた王侯貴族が周辺のヨーロッパ諸国に助けを求めると、民主革命の波が自国に及ぶことを恐れる各国の君主たちはこれに呼応して、武器や弾薬の供給、あるいは部隊の派遣などの支援を行いました。これにより、王党派は息を吹き返したのです。

一方の革命軍は兵力こそ圧倒していたものの、戦略に長けた将校が不足していたため王党派の抵抗を抑えるのに苦慮していました。パリ市内のあちこちで部隊が衝突し、一進一退の攻防が繰り返されていたのです。ラファイエットにとって今は一人でも人材が必要な時であり、すでに引退して後進の指導にあたっていた老戦略家のロベールを再び実戦に担ぎ出さなければならない状況だったのです。

しかしラファイエットの必死の懇願にも、ロベールは首を横にふるばかり。

「いや、私はもう老いました。あなたたち若い世代が次の時代を築いていくべきです」

「しかし、教授、今は状況が……」

「その代わりといってはなんですが、よい人材がいます」

ロベールの言葉にラファイエットの目の色が変わりました。

「よい人材ですか、それは願ってもない！　で、誰ですか？」

「ナポレオン・ボナパルトです。軍略家としての才能は抜群ですよ。現在は軍籍を剥奪《はくだつ》されてマルセイユに逃れていますので、身分も自由です」

ラファイエットの表情は、期待から一転して落胆に変わりました。

「ああ、ずいぶん地方ですね。それに軍籍を剥奪されているんですか。名前を聞いたことがありませんが、そんなに優秀なのですか」

「ええ、能力は私が保証します。地方でくすぶっているのも訳があるんですよ。彼はコルシカ生まれのイタリア系のために差別され、王立学校時代からその才能を嘱望されていたにもかかわらず、地方の砲兵隊隊長に甘んじていました。それに英国に逃れた独立指導者パスカルの遠い親戚であったことから、あらぬ疑いをかけられ軍籍を剥奪されてしまっているのです」

「なるほど、そんな経緯《いきさつ》があったのですか」

ラファイエットの表情は再び期待へと変わります。

「つまり、自分を冷遇した国王政府を彼はよく思っていません。多くの将校が王党派に与《くみ》したのに、彼は革命に無関心だったのです」

「優秀でそのうえ旧体制を憎んでいるなら、それは願ってもない人材です。ぜひ、将校として迎えたい」

「ただ、問題は誰が説得に行くかです。彼からパリに出てくることはありません。私はこの通り老いてしまった。戦火のパリを抜け出すのは難しい」

しばし考え込んでいたラファイエットでしたが、意を決したように言いました。

「よし、アントニオを行かせよう。彼なら適任だ」

「しかしラファイエット公、アントニオを前線から外すのは戦力ダウンになりますよ!」

「うーん、確かに、今彼を前線から外すのは大きな痛手です。数少ない優秀な将校ですからね。でも、じゃあどうしたら」

ラファイエットは再び考え込んでしまいました。

「アントニオの弟のジョルジュはどうでしょうか?」

「ドロン商会の次男坊ですか。確かに気骨のありそうな若者ですが、でも彼は第一に軍人ではないですし……」

ロベールの提案にとまどうラファイエット。

「逆に、商人のほうが今のパリを抜け出すには好都合かもしれませんよ」

「なるほど、それは教授のおっしゃる通りです。さっそく手配しましょう」

ロベールの提案の真意を悟ったラファイエットは、すかさず伝令を飛ばしてジョルジュを呼びました。ジョルジュが、ナポレオンを革命軍の将校に迎えるという使命を受けて旅立ったのは、その日の夜のことでした。

ロベールとラファイエットから託されたナポレオンあての親書を携えたジョルジュは、パリを出発するに当たって、どうしてもアンヌに一目会いたくなったのです。初めての出会いからこれまで、アンヌにほのかな恋心を抱いていたジョルジュは、サロンで会えるだけで幸せでした。けれども今度の旅で自分は死ぬかもしれないと思った時に、最後にどうしても会っておきたいと思ったのです。

サロンに着くと、すでに深夜だったにもかかわらず、アンヌが出迎えてくれました。

革命前に進歩派貴族たちが謀議を交わしたサロンは今では革命軍の拠点となり、以前とは別の意味でにぎわっています。兵士たちが慌ただしく出入りし、武器弾薬を調達したり作戦会議を開いたり、あるいは負傷した兵士の治療を行っているのです。

そんな中でアンヌも忙しく立ち回っていました。

「ドロン商会の、確かジョルジュさんでしたね」

少女はジョルジュの突然の来訪に嫌な顔ひとつせず、はにかんだ笑顔を見せました。

「夜分に突然すみません」

「いいえ、いつでも大歓迎ですよ」

「何だかお忙しそうですね」

ジョルジュはもう顔が真っ赤です。最初の出会いからサロンで何度か会っていますが、これまでジョルジュはアンヌに見とれるばかりで、実はまともに会話したことがほとんどなかったのです。

「ええ。ここのところ、いつもこんな調子です。ところで今日は何か」

「実は、ラファイエット公の使いでマルセイユまで行くことになりまして」

ジョルジュは伏し目がちに言いました。

「これからですか？　パリは今、戦時下だというのにおじさまは何を考えておいでなのでしょうか」

アンヌはジョルジュの言葉に驚き、憤りました。

「とても急ぎの用なのです。仕方ありません」

「今は危険すぎます。少し落ち着くまで待つことはできないのでしょうか」

「いいえ、そういうわけにはいかないんです。でも本当に最後にアンヌさんとお会いできてよかった。それでは、僕はこれで……」

「最後って……」

ジョルジュは結局、何も言えないまま旅立とうとしていました。アンヌも名残惜しそうにしていましたが、やはり言葉に詰まって何も言えず、ただ黙ってジョルジュを見送るしかなかったのです。

「アンヌ、どうしたの、こんな所で？」

そこに当サロンの女主人で、とてもキリッとした唇が特徴的なエレーヌがやって来ました。

「あ、おばさま、お客様です」

「お客様？　こんな時間に？　あら、ジョルジュじゃない」

「奥様、夜分遅くに申し訳ありません」

エレーヌはラファイエットの縁戚に当たる貴族の婦人であり、当サロンのオーナーとして手腕を振るっていました。また、機知に富んだ対応力と、女性らしからぬ度量の広さで、改革派闘士も一目置くほどの存在でした。いつもアントニオやジョルジュ兄弟にも、何かと世話を焼いてくれていたのです。

「気にしなくていいのよ。さあ、そんな所に立っていないで、お入りなさいな」

玄関の外で帽子をかぶったまま、邸内に入ろうとしないジョルジュをエレーヌは部屋の中へと招き入れようとしました。

「いいえ、奥様。急ぐ旅なので、もう失礼します」

「そんなこと言わずに。ここに寄ったのは何か言いたいことがあったのでしょう。ねえ、アンヌ」

「え、あ、はい。そうですよ、少しぐらい寄っていかれたらどうですか」

暗い顔をしていたアンヌでしたが、エレーヌの問いにとまどいながらも笑顔でジョルジュを引き止めました。

「いいえ、せっかくですが、本当にもう行かなければなりません」

「そう？　じゃあ戻ってきたら、また寄るのよ。アンヌと私の二人で待っているから」

「わかりました。必ず」

「必ず」

エレーヌが念を押すと、アンヌも同調するように、こくんとうなずきました。

人は、目的を持った時強くなります。ロベールからマルセイユ行きを託された時には、『自分は死ぬかもしれない』という覚悟を一度は固めました。そのままだったら、役目のために一命を賭したかもしれません。けれども「パリに戻ったらサロンに寄り、アンヌに再会するのだ。その時こそ、自分の思いを素直に打ち明ける」という目的ができたジョルジュは、「生きて帰る」という思いを一段と強くしました。それがジョルジュに勇気と力を与え、困難な道を乗り越えさせたのです。ロベールが予想した通り、ジョルジュとその一行がパリを離れようとする時、途中で王党派の軍隊に遭遇しましたが、ジョルジュとその一行は何とかしてパリを抜け出すことに成功したのでした。

マルセイユに着いたジョルジュから親書を受け取り、フランス革命政府の名のもと軍籍に復帰したナポレオンは、さっそく王党派の討伐に向かいました。

革命に対する情熱は強いものの素人の集まりだった革命軍に、軍略の天才、ナポレオンが加わったことで情勢は一変します。

革命軍は破竹の勢いで勝利を収め、王党派を次第に追い込んでいきました。王党派が力を失いつつある中で、革命政府は正式に王政を廃止して共和制を樹立。ルイ十六世とその妻であるハプスブルグ家出身のマリーアントワネットを処刑しました。こうした事態に危機感を抱いたイギリス、オーストリアなどの周辺国は反革命で結託し、フランスに圧力をかけます。これに対してフランス政府は宣戦布告し、ついに革命戦争はフランス国内からみるみるうちにヨーロッパ全域に拡大していったのです。

フランス革命戦争は、革命の波で自国の立憲君主制が崩壊することを恐れた近隣諸国の君主らによる内政干渉でした。しかし結果的にフランスに押されて、自国の領土を奪われることになり、立憲君主国は徐々に力も権威も失っていきます。そしてヨーロッパ諸国に民主革命の波が押し寄せることになりました。
一方、フランス国内では王党派が完全に力を失い、事実上、市民革命は終焉《しゅうえん》を迎えていました。それでも革命を主導した貴族やブルジョワジーらによる権力闘争が繰り返されていたのです。

揺れる国内情勢に翻弄される民衆は、革命の英雄であるナポレオンの登場を望みました。その声に押されたナポレオンは、シエイエスらと協力して一七九九年にブリュメールの革命を起こし、総裁政府を打倒。自らが総統に就任して、強い権力基盤を確立し、ブルジョワジーの抗争を平定しました。そうして、フランス革命は名実ともに終焉《しゅうえん》を迎えたのです。バスティーユ監獄の襲撃からちょうど十年後のことでした。

フランスが革命に揺れた十年間、ジョルジュとアンヌは、ある時は同志として互いを支え合い、ある時は恋人として密かに愛を育んでいました。ジョルジュは父親の仕事を手伝う一方で、私兵を組織して自らも義勇兵として革命戦争に参加。兄のアントニオや、マルセイユで知己を得たナポレオンとともに戦場を駆け抜けたのでした。

やがて、革命によって王政が終わりを告げると、二人を隔てていた身分制度も事実上崩壊。貴族出身のアンヌと商家出身のジョルジュは、晴れて結ばれました。革命を通じて、ブルジョワジーの一角に躍り出たドロン家は、パリでも屈指の穀物商に成長していました。それに、いまや筆頭統領として絶対権力を握ったナポレオンとジョルジュは、軍籍復帰を呼びかける親書を届けて以来の旧知の仲です。

兄のアントニオは、革命戦争を指揮した英雄の一人として新政府に迎えられ、次期当主のジョルジュが英雄ナポレオンの友人ともなれば、ドロン家の未来は約束されたも同然といえました。

そんな二人の結婚披露宴は、現政府の要人ら多くの人々を招いて盛大に行われました。

流行のオペラ劇団を招いての寸劇では、ジョルジュとアンヌの出会いの場となったサロンでのエピソード、その後、戦火のパリを抜け出して英雄ナポレオンに親書を届けにマルセイユへと向かった冒険譚《ぼうけんたん》、そしてナポレオンを連れてパリへ戻ったジョルジュとアンヌが再会し、永遠の愛を誓い合ったその日の出来事が、感動的に描かれたのです。

人生絶頂の時を迎え幸せそうなジョルジュとアンヌの二人を、天上から見つめているマシューの目にも涙がこぼれてきてしまったようです。

「よかった、よかった」

ところが、傍らにいるアリエールは渋い顔。

その様子に気づいたマシューが、いぶかしげに言います。

「アリエール、二人はここで真実の愛に気づいて修行は終わり、また、もとの一つの魂に戻るんですよね？」

アリエールはその問いに対し、ゆっくりと首を横に振りました。

「いいえ、まだよ。これから二人に最大の試練がやってくるわ。おそらく、今回もその試練を乗り越えることはできないでしょうね」

「そうなんですか」

マシューの表情は落胆にくれました。

「大事なのはこれからよ、マシュー。あなたにも一役買ってもらわないと」

「私、ですか？」

「そう、アンヌはほどなく子どもを身ごもるでしょう。そしてあなたは、その子どもとして今生を生きるのです」

「わかりました。それで、私はどうすればよいのでしょう」

「その子どもは、長く生きることはできません。でも大切な使命があります。これから、ジョルジュとアンヌは離れ離れになるでしょう。その時、落胆に暮れるアンヌのことがとても心配なのです」

「アンヌは、いったいどうなるのですか」

「放っておけば、自殺してしまうでしょうね」

「それはいけません。自殺と殺人は、とても強いカルマを生みやすい」

「そう、彼女はすでにローマで一度、苦しみから逃れるためにカルマを背負ってしまいました。もうこれ以上のカルマをアンヌに背負わせるわけにはいきません。あなたが行って、その悲劇を止めるのです」

「わかりました。でも私にできるでしょうか」

「大丈夫、あなたならできます」

晴れやかな表情になったマシューは、何もかも悟ったような面持ちで、すっと立ち上がると「それでは行ってきます」という最後の言葉を残して池のほとりから立ち去りました。

　残されたアリエールが水面をのぞき込みます。

　そこには、幸せに満ち足りた新婚生活を送るジョルジュとアリエールの姿が映し出されています。

　ほどなくアンヌは身ごもり、男の子を産みました。

　生まれたばかりのわが子を胸に、満ち足りた様子のアンヌが言います。

「ねえ、ジョルジュ、この子の名前、もう決めてあるの？」

「そうだな、一応、候補はあるが、アンヌ、君の意見も聞きたいな」

　すると澄んだ目が特徴的な息子を見てアンヌは、目を細めて遠い顔をしました。そう思うと、ふっと思いついたようにつぶやいたのです。

「マシュー……」

　自分でも自信がなかったのか、独り言のような小さな声でした。

　それでも、ジョルジュの耳に届くには十分だったのです。

「おい、ちょっと、アンヌ、『マシュー』だって。ダメだよ、そんなイギリス野郎みたいな名前、いったいどうして君はそんな……」

　ジョルジュが取り乱すのも無理はありません。

　中世のフランスとイギリスは、ヨーロッパ大陸の覇権を争う仇敵《きゅうてき》であり、十五世紀には壮絶な百年戦争を闘い、十八世紀のこの時も革命を巡って戦闘を繰り返している真っ最中です。フランス人のイギリス嫌いは相当なもので、イギリス風の『マシュー』という名前を自分の子どもにつけるなど、ジョルジュには考えられないことでした。

「ああ、ごめんない、ジョルジュ。そうじゃないの、この子の顔を見ていたら何だかふっと湧いてきたのよ。おかしいわよね、そんなの」

「うん変だよ、アンヌ、どうしたんだい」

「ごめんなさい、気にしなくていいわ。そうね、もっといい名前をつけましょう」

「うん、この子の名前はもう考えてある。『ジャン』だ、いいね？　アンヌ」

「ええ、もちろんよ。いい名前だわ、ジャン、ジャン、かわいい子。きっとあなたを幸せにするわ」

「ああ、そうだね。それから君も。これからも、君をうんと幸せにするよ」

二人はほほ笑み合い、熱い口づけを交わしました。

ジョルジュとアンヌの二人が革命に捧げた青春時代を過ごした十八世紀末は、のちの世にとって大きな時代の転換点となりました。さらに十九世紀になると、二人の前で時代はより劇的な変化を遂げることになるのです。

そんな激動の最中で、自分たちも時代の変化の一部として何らかの役割を果たしていることを、精一杯に今を生きる人々がわかるはずもないし、自覚もありません。二人もまた大きな時代のうねりの中で、自分たちを待ち受けている運命を知らずにいました。ただ、永遠にこの幸せな時間が続くと信じて疑わなかったのです。

## 第三節　シャンゼリゼ裏通り

十九世紀に入っても、ナポレオンを擁するフランスの快進撃は続きました。

革命に干渉する対仏同盟を蹴散《けち》らすと、そのままの勢いで領地を奪い取っていったのです。オランダ、南ネーデルランド、ラインラント、スイス、イタリアがフランスの手に落ち、強国オーストリアからも領土の割譲を勝ち取り、宿敵イギリスさえ退けました。

この頃のヨーロッパは、フランスの時代、いや、ナポレオンの時代だったのです。

皇帝に就任し、絶対権力を握ったナポレオンのパトロンとなったドロン家も、フランスが領土を広げていくのに伴い勢いを増していきました。広いヨーロッパ大陸全土に販路を拡大すると同時に、本業の穀物から出発して武器弾薬・家具・薬品の売買・銀行業まで手広く商売を広げ、今やパリでも有数の財閥に数えられるまでになったのです。

この頃、高齢になった父親に代わって実務を取り仕切るようになったジョルジュの中で何かが変わりつつありました。純情な青年時代、市民革命の理想に燃えた若き日は過ぎ去り、かといって口先上手な商売人にもなりきれず、人知れずもがき苦しむ男の姿がそこにありました。アントニオはそんな弟の様子が気がかりだったようです。

「ジョルジュ、最近、顔色が冴えないぞ」

革命に貢献した軍人の一人として、アントニオはまだ三十代ながら、国民公会議員に名を連ねていました。

「おかげさまで仕事が忙しくてね、休む暇もない。それにしちゃ、ずいぶん太ったがね」

ジョルジュは、たくましくなってきた自分の腹を自嘲気味にたたいてみせました。

「なまっているんじゃないか。今度、わが軍はプロセインと一戦交える。どうだ、昔みたいに義勇兵としてお前も参加しないか」

「いいや、戦争は兄貴に任せたよ。俺は商売一筋でやっていくさ」

「商売なんか、末弟のカミーユにでも任せておけばいいんだ。俺が見るところ、お前はやっぱり軍人向きだ。確かに、ここまで大きくした商売から離れがたいのはわかるが、お前だって戦場が懐かしいんじゃないのか」

「まあ確かに戦場に比べたら、商売ってのは何かと回りくどいところがあるよ。俺は人付き合いが苦手だし、その点カミーユのほうがうまくやるかもしれない。でもね、ドロン商会を任されたのは俺なんだよ」

「お前は、よくも悪くもまっすぐすぎる。商売人は狡猾《こうかつ》に立ち回ることも時には必要だ。お前には似合わないよ。なあ、俺と一緒に戦場を駆けようぜ」

いかに尊敬する兄の言葉とはいえ、今のジョルジュには素直に従う気にはなかなかなれませんでした。いや、尊敬する兄だからこそと言えるかもしれません。

いまの自分の立場で戦場に参加しても、あくまで義勇兵です。将校として出世していく兄には、いつまでたってもかなわないのです。ならば、自分は兄とは違う商売の道を極めるしかないと思い詰めていました。

なおも説得しようとする兄をのらりくらりとかわして、逃げるように庁舎を後にしようとしていたのです。

「ふう、戦場か……あんなに怖い思いをしたのに、なぜか懐かしいな」

独り言をしていたところを、不意に呼び止められました。

「おや、ドロン商会のジョルジュさんじゃありませんか」

「うん？　君はルクサール・ボーグ商会の」

「はい、ベルナールです。今日は何かこちらに御用でも」

「なあに、兄に会いにきただけだよ。今日は商売じゃないさ」

「そうでした、そうでした。ドロン議員とはご兄弟でしたね」

「君こそ、今日は何の用だい」

「いつものご意見伺いですよ。うちみたいな小さな商家は、こうしてこまめに挨拶まわりしないと仕事が取れないので。その点、ドロンさんはうらやましい。なにせ皇帝陛下お抱えでいらっしゃる」

ジョルジュは苦笑いで返しました。そうなのです、この鷲鼻・段鼻が特徴的な青年ベルナールがあんまり好きではなかったのです。

王政時代の特権階級に取り入って利権を独占していた限られた御用商人が革命によって没落すると、商売の自由度が一気に高まり、雨後のタケノコのように数多くの新興商家が乱立し始めました。

ルクサール・ボーグ商会は、そんな新興家の一つであり、ベルナールは有能な若き当主として一目置かれる存在だったのです。確かに、有象無象《うぞうむぞう》の新興家の中では頭一つ飛び抜けたルクサール・ボーグ商会は、近い将来ドロン商会のライバルになるかもしれません。

けれどもジョルジュが気に入らなかったのはそこではなく、ベルナールの柔和な外見の下に隠された狡猾な本性でした。それこそ、アントニオの言う「狡猾な商人」そのものであるベルナールに激しい対抗心を燃やしていたのです。

そんな敵愾心《てきがいしん》を押し隠し、その場を適当にごまかしてベルナールをやり過ごした帰り際、いったん庁舎の外に向かって歩きだしたジョルジュが立ち止まってそっと振り返ると、彼につき従っていた秘書の女性と目が合いました。

その瞬間、この妖艶《ようえん》でつんとした鼻が特徴的な女性は意味ありげな笑みを浮かべたのです。そうしたかと思うと、すぐ前に向き直り、何事もなかったかのように、ベルナールに続いて庁舎の奥へと消えていったのです。

さきほどの二人の姿が見えなくなるとジョルジュは、まわりの誰にも聞こえないようにそっとつぶやきました。

「兄貴、俺もいつまでも青臭くないよ。狡猾に立ち回ることだってできるようになったのさ」

夜になると、パリの街の様相はがらりと変わります。

表通りには、もう行き交う人はいないのに、裏通りの物陰には意外なほどたくさんの人影がうごめいていました。

そのほとんどが娼婦か酔客、あるいはギャングや戦災孤児、無宿人たちですが、中には裏通りには似つかわしくないこぎれいな身なりでありながら、何をするでもなく暗がりにじっと身を潜めている得体の知れない輩がいたりします。陽の光のもとでは見えない、もう一つのパリの姿がそこにありました。

そんな裏通りに、長身でがっしりした体格の男が数人、人目から隠れるように暗がりをそろそろと歩いていました。男たちは場所に合わせてわざと粗末な身なりをしているのでしょうが、それでも裏通りの住民たちの嗅覚の前では無駄なあがきです。金の匂いをかぎつけた娼婦や物乞いがあっという間に寄ってくるのです。

長屋の中には、すでに先客がいました。やはり、体格のいい男が数人待機しています。新たにやってきた男たちが先客の男たちに無言で合図すると、やはり無言で長屋の奥を指さすのです。すると一人だけ、指さされた奥へと消えていき、残った男たちは先客と一緒にその場に残り、長屋を守るように取り囲みました。

長屋の奥の部屋に男が入っていくと、そこには女性がいます。

男はその姿を確認すると、顔を覆っていたフードを下ろしました。ジョルジュでした。

「遅かったわね」

待っていた女性は、昼間会ったベルナールの秘書カトリーヌです。

「物乞いたちがしつこくてね」

彼女は、昼間の淑女然とした身なりとは一変し、娼婦のような安っぽいドレスを着ていました。

「それで、さっそくやる？」

女はまるで本当の娼婦のように、なまめかしくしなをつくりながら言います。ジョルジュはその妖艶さに少し動揺しながら、努めて落ち着こうとしていました。

「ああ、さっさと済ませてしまおう」

ジョルジュの言葉に促され、女は持ってきた荷物の中から紙の束を取り出しました。

「ルクサール・ボーグ商会と、国防族議員の癒着を示す決定的な証拠よ」

ジョルジュは、カトリーヌから手渡された書類をつぶさに読み込みます。

険しいその表情が次第に興奮に変わり、最後には笑みが漏れました。

「でかしたぞ。国軍が調達した武器弾薬の料金が二重に支払われている。国費横領の動かぬ証拠だ。よくこれだけの資料が手に入ったな」

満足げな表情のカトリーヌ。

「それは、苦労したわよ」

「いや、まさか本当にここまでやってくれるとは！」

女はそこで、さらにぐっとジョルジュに近寄り、いっそうなまめかしく迫りました。

「ねえ、約束通りでしょう」

「ああ、これで、あの生意気な小僧をぎゃふんと言わせられる。ほんとう君には感謝するよ、カトリーヌ」

ジョルジュはまるで少年のようにドギマギしていましたが、カトリーヌに悟られないよう平気な態度をしてみせました。

「あら、やだ。感謝の言葉だけ？」

「いやいや、もちろん約束のものは払うよ。安心してくれ」

「ご冗談を、口約束じゃあ信用できないわね」

「わかっているよ、カトリーヌ。抜け目のない女だ、君には参るよ」

そう言うと、ジョルジュは懐から封書を取り出してカトリーヌに差し出しました。封書を受け取ったカトリーヌは中の紙を開いて文字を目で追いました。何かの証文のようです。読み終わると満足げな笑みを浮かべ、封書を丁寧にたたんだのです。

「確かに」

その言葉を聞いて、ジョルジュも満足げでした。

「それじゃあ、僕はこれで。カネは君の口座に入れておくよ。今後、大っぴらに会うことはないだろうが、何か困ったことがあったらいつでも連絡をくれ。力になるよ」

そう言い残して帰ろうとするジョルジュを、なぜかカトリーヌは引き留めるのです。

「ねえ、もう帰るの？」

「まだ何かうまい情報があるのかい？」

「そうじゃなくて、今日は、していかないの？」

ジョルジュはカトリーヌの意図を悟って、少し困惑しました。

「いや、もう、やめておこうよ、カトリーヌ。僕らはあまり近い関係になっちゃいけないんだ。あくまで知らない他人同士でいないと」

けれども、カトリーヌはジョルジュを逃がさない。その首に両手を素早く回して、とまどうジョルジュに肢体を絡ませてくるのです。

「ねえ、この情報を取るために、あいつとも寝たのよ。つらかったんだから。わかってよ」

甘い香りがジョルジュの鼻孔をつき、せつなそうなカトリーヌの表情に言葉が出なくなりました。そんなジョルジュを意外な力で引き寄せ、カトリーヌはなかば強引に唇を奪いました。元女優で貴族相手の高級娼婦でもあったカトリーヌが、純朴な青年がそのまま大人になったようなジョルジュを誘惑するなど、たわいもないことでした。

カトリーヌはジョルジュに絡みついたまま、自分の体重を使ってベッドに倒れ込むように誘導しました。もう、ジョルジュには抵抗することができなかったのです。

ジョルジュが帰ったあと、情事の後始末をしていたカトリーヌの背後の壁の一部が突然観音開きに開いて、中から背の高い青年がぬっと出てきました。どうやら隠し扉のようですが、青年の突然の登場にカトリーヌが驚く気配はありません。カトリーヌには背後にいる人物が誰だか、もうわかっているようです。

「ずっと聞いていたの？　趣味が悪いわ」

ハンサムな青年は、カトリーヌの小さな抗議にたいして、うすら笑いを浮かべながら返しました。

「誰もセックスしろとまでは言っていないのに」

カトリーヌは悪びれるでもなく、言い返しました。

「あら、じゃあ、あのまま帰してしまったほうがよかったかしら。男はね、一度からだの関係を持った女には甘くなるのよ。信用させるには手っ取り早いからね」

「へえ、俺はそんなことないけどな」

「あなたは冷たいのよ、ベルナール。その点あの人は抜けてるというか、純情というか、ああいうのが一番扱いやすいわ」

「なんだ、あいつに惚れたのか」

「バカ！」

カトリーヌは手に持っていた上着を、力任せに青年にぶつけました。そう青年はルクサール・ボーグ商会の若き総帥ベルナールでした。ジョルジュは、このベルナールを陥れるつもりでしたが、逆になんとベルナールの仕掛けた罠《わな》にまんまと引っ掛かっていたことになります。

兄のアントニオが心配していたことが当たったのです。勇気と根性はあっても根がまっすぐで純粋なジョルジュにとっては、魑魅魍魎《ちみもうりょう》が跋扈《ばっこ》する商売の世界では分《ぶ》が悪かったのです。

ジョルジュの裏表のない性格が、ドロン商会の信用につながっている面はあったものの、それでも商売の世界は正攻法だけで渡っていける所ではありません。案の定、慣れない工作活動に手を出したせいで、逆に天賦の商才を持つベルナールにつけいる隙を与えてしまったのです。

ジョルジュたちドロン商会の一派が、ルクサール・ボーグ商会の弱みを握ろうと画策していることに感づいたベルナールは、カトリーヌをジョルジュに接近させ、ウソの情報を流して陥れようとしたのでした。そして、その策略は見事に成功したのです。

「これで、やっと、あのこざかしいルクサール・ボーグ商会の青二才ベルナールをぎゃふんと言わせられるよ、兄さん」国民公会に向かう途上で、ジョルジュは興奮気味にまくしたてました。けれども、アントニオは心なしか渋い顔をしています。

「ジョルジュ、もう一度聞くけど、本当にこの書類の出所は確かなのか？」

「ああ、任せておいてくれよ、兄さん。間違いないよ、なんせ身内だからね」

「身内？」

「おおっと、これから先はいくら兄さんでも話せないよ、秘密だからね」

自信たっぷりのジョルジュの言葉にも、アントニオはまだすっきりしない様子です。

「仮にこの書類が本物だとしても、ルクサール・ボーグ商会なんて小さな会社を、そんなやっきになって潰すこともないだろうに」

「いや、放っておけばやつらはいずれ、わがドロン商会を脅かす存在になる。他の会社ならいざ知らず、あんなあこぎな会社がのさばるようでは、フランス経済はよくならない。今のうちに潰しておくべきなんだよ、兄さん」

アントニオにしても、ルクサール・ボーグ商会の悪い噂は耳に届いています。これまで確証はなかったものの、ジョルジュが持ち込んだ情報が本当なら、国庫から国民の財産をかすめ取っている不正議員とその御用商人を一網打尽にできるチャンスです。

しかし、どうにも話がうますぎます。ジョルジュにせがまれて、国民公会で議論に諮《はか》ることにしたものの、アントニオは嫌な予感をぬぐえませんでした。


それでも予定通り議事が進行し、やがてアントニオが出した議事を議論する番になりました。ところがどういうわけかアントニオが発言台に立とうとしたその時、議長に止められてしまいます。

「ちょっと待ってくれ、アントニオ君」

「はい、何でしょう」

「君の提議した議題の前に一つ、緊急動議が出ている」

「緊急動議ですって？」

「そうだ。これは君にも関係することなので、悪いが君の動議の前に審議させてもらう」

「私も？　いったいどういうことですか」

困惑するアントニオを議長が制します。

「まあ、アントニオ君、とりあえず座ってくれたまえ」

「はあ」

納得できないながらも、議長の指示ではしかたありません。アントニオはおとなしく席に戻るしかなかったのです。証言台に立つ時を待ちわびて控席でそわそわしていたジョルジュも、なにか不穏な空気を察知したものの、はたして何がどうなっているのか事態がさっぱりのみ込めません。

「では、ミラー議員。緊急動議を提議してください」

ミラー議員とは、ここでジョルジュとアントニオが不正を糾弾《きゅうだん》しようとしていた、まさにその人でした。カトリーヌから渡された資料には、ミラー議員とルクサール・ボーグ商会の癒着《ゆちゃく》の証拠とされる証文が入っていたのです。ジョルジュにはいったい何が起こっているのか理解できませんでしたが、アントニオはすでに事態を察知したようです。苦虫をかみつぶしたような顔で、天を仰ぎました。議長から指名されたミラー議員は案の定、発言台に立つと即座にアントニオとジョルジュを名指ししました。

「私が提議するのは、ここにいるアントニオ・ドロン議員のご実家であり、そして、その実弟であるジョルジュ・ドロン氏が経営するドロン商会による、穀物の不正買い占めの件についてです」

「不正買い占めだと?!　いったい何のことだ!」

思わず立ち上がって叫ぶジョルジュを、まわりの議員や衛兵が押しとどめます。

アントニオはもう観念したように、黙って座ったまま目をつむっていました。ミラー議員は、ジョルジュが衛兵に捕らえられているのを勝ち誇った様子で見ていました。

「証言人は指名されるまで発言を慎むように。ミラー君、続きを」

議長に促されてミラーが続けます。

「ご存じのように、わがフランスは現在、反フランス同盟諸国との正義の闘いの真っ最中であり、わが皇帝のご活躍により今まさにこれを殲滅《せんめつ》せんとしています。しかしながら問題は、たび重なる戦闘により兵糧不足が懸念されるところであります。すでに穀物相場は急騰しており、兵糧調達に支障が出始めています。この機に乗じて貴重な穀物を不法に買い占め、穀物相場の値を吊り上げ、フランス国民を窮乏におとしめてまで、暴利をむさぼろうとする許し難い国賊行為と言わねばなりません」

衛兵に両肩を押さえ込まれていたジョルジュでしたが、もう我慢できませんでした。

「でたらめなことを言うな。貴様こそ何だ。こっちはお前らが国費横領した証拠を持っているんだぞ」

「証人は発言を慎みなさい。それ以上議事を妨害するなら出ていってもらう！」

議長が強い調子でジョルジュを制します。

一方のミラーは、ジョルジュのやじにもまったく動じません。

「議長、かまいませんよ。ドロンさん、あなたの言う証拠とはこれかな？」

取り出した書類の束には見覚えがありました。

控席からミラーのいる発言台までの距離では細かい所までは見えませんが、それは先日、カトリーヌから手渡された「ルクサール・ボーグ商会とミラー議員による国費横領の証拠」とされる文書と同じであることは言うまでもありません。

「それは……」

絶句するジョルジュ。

「自らの不正買い占めの事実を隠蔽《いんぺい》するため、ドロン氏は私を陥れようと、このような偽の証拠まで作成したのであります」

「嘘だ！　それを作ったのは私ではないぞ」

ミラーはジョルジュのやじを無視して続けます。

「その証拠にドロン氏は、書類の偽造を依頼した内通者の女性に、見返りとして多額の金品を渡しております。これが、その証拠となる女性に送った証文です」

これもやはり、遠目には細部までわかりませんが、先日ジョルジュがカトリーヌに渡した証文であることは言うまでもないでしょう。

ここにきてジョルジュは、自分がすっかり罠にかけられていたことを知ったのです。その後は何がどうなったのか、よく覚えていません。とにかく、ドロン商会とジョルジュは不正な買い占めの嫌疑で告発され、兄のアントニオも連座し、議員を辞職のうえ軍籍剥奪に追い込まれたのでした。


うず高く積まれた書類と膨大な量の図書で埋め尽くされたその部屋は、昼間だというのに陽の光がさえぎられて薄暗く、カビの臭いが漂っていたのです。

フランス帝国の絶対権力者となった皇帝ナポレオンの執務室にしては、質素すぎました。豪華な調度品などは何もなく、本当に仕事をするためだけの部屋なのです。そんな物置のような部屋の真ん中で、長身の中年男性が力なく椅子に座り、うなだれていました。ジョルジュです。傍らには、知性を漂わせる落ち着いた風貌の、やや小太りな男性が立っていました。ナポレオン皇帝、その人です。

「まあ、何にしても嫌疑が晴れてよかったではないか」

「よくなんかありません。結局、ドロン商会は破産してしまった。兄は軍籍こそ復帰できたけれど、陸戦隊長から出直しですよ。俺のせいで、こんなことに。もう父にも兄にも合わせる顔がない」

椅子に座ってうなだれる旧友ジョルジュを、ナポレオンはコーヒーをすすりながら冷静に見つめています。

「うん、このコーヒーはうまいな。やはり、豆はブラジルのものに限る。なあジョルジュ、君もそう思わんか」

「ええ？　コーヒーのことは、私はちょっとよく……」

いつものことではありますが、落ち着き払った態度のナポレオンにジョルジュは何だか拍子抜けしてしまい、少しだけ気持ちが紛れました。

「でっちあげの作り話だって、下手をすれば国外追放だってあったのだよ。君の工作が成功していたら、ミラーやベルナールがそうなっていたかもしれない。相手を追い落とそうと思えば、自分が追い落とされる危険もある。そういうものだろう？」

「確かに、陛下のおっしゃる通りです」

「会社は失ったが、君自身はこうして元気にしているじゃないか。もう晴れて自由の身だ。おまけに、まだ若い。金だってある。何より、この私の友だ」

「おお、陛下、何よりうれしいお言葉です」

「二人の時は、そんなよそよそしい言い方はしなくていい。昔みたいに、私のこともナポレオーネと呼べばいい」

「そんな、恐れ多い」

「気にするな、私と君の仲じゃないか。兄さんのことも心配しなくていい。そもそも冤罪《えんざい》だし、軍人のアントニオには何も関係ない。優秀な将校がしかるべき地位にいないのは、わが軍にとってもよくない。ほとぼりが冷めたら元の地位に戻すつもりだ」

「ありがとうございます」

「問題は失ってしまった会社のことだが、私は個人の商売に便宜を図るわけにはいかない」

「ごもっともです」

ナポレオンは軍略の天才で独裁者でしたが、身内をひいきにしたり、好き嫌いで人事をせず、個人の蓄財には興味がありませんでした。そのため民衆の絶大な支持を受けていましたし、そこがジョルジュと気が合う部分でもあったのです。


「けれども友としては、何とかしてやりたい。そこでだ、今度のロシア遠征に、私兵を連れて君も参加しないか」

「ロシア遠征ですか」

「そうだ。ロシア南西のウクライナ地方は君も知っての通り、大穀倉地帯だ。ロシアの支配から逃れれば、ウクライナは自由な商売ができる。ヨーロッパに良質の小麦を大量に輸出できるようになるだろう」

「それができたら、すごい商売になります。願ってもないことです」

ナポレオンは大きくうなずいてみせました。

「しかし、そのためには、ウクライナに一番乗りしなくてはならない。自ら命を賭して戦争に参加してこそ、その利権にあずかれるというものだ」

「わかりました、仰せの通りにします。けれども、戦場は内戦以来なのです。今の私に務まるでしょうか」

「アントニオもいるのだし、案ずることはない。それに、こう言ってはなんだが、君は商売よりも軍人のほうが似合うタイプだ」

ジョルジュはナポレオンの言葉に苦笑しました。

「兄にも同じことを言われました」

ナポレオンも満足そうに笑いました。

「さあ、そうと決まれば忙しくなるぞ。善は急げだ。さっそく準備したまえ」

「ええ、それでは陛下……じゃなかった、ナポレオーネ、戦場で会いましょう」

この時までフランスは、オーストリアの領地の半分以上を奪取し、プロシア、イタリア、スペインを衛星国として間接支配しており、イギリスを除くヨーロッパのほとんどの地域を制圧していました。

植民地争奪戦でも、イギリスに次ぐ広範な地域を獲得しており、そこからもたらされる莫大な収益で、フランスの国力は世界を圧倒していたのです。

しかし、繁栄があれば衰退もあるのが世の常です。稀代の英雄、ナポレオンの絶頂を脅かす影が、足音もさせずに近づきつつありました。

## 第四節　凍てつくモスクワ

一八一二年の夏、ナポレオンは同盟国の軍隊を含む史上最大規模の七十万に達する大部隊を率いて宿敵ロシア帝国に進軍したのです。

主力のフランス部隊の総数は四十五万人。これは、最大で百万人の徴兵力があった当時のフランスにおいて、イベリアで戦闘中の三十万、ドイツとイタリアに駐屯していた二十万を除くほとんどすべてでした。つまり、フランスは国内に残る戦力のほとんどをロシア戦に投入したことになります。それだけ、ロシア陸軍の強さを警戒していたのです。

ところが六月にロシア領ポーランドに侵攻を開始すると、さしたる抵抗もなく、あっという間にポーランドを制圧。途中、ロシア軍は何度か防衛陣の構築を試みたものの、フランス軍の圧倒的な進軍の前に、いずれも途中で陣地を投げ出して敗走してしまいました。

楽勝ムードが漂う中、夜を迎えた宿営地では、はや戦勝気分に浸る兵士も少なくありませんでした。

酒こそありませんが、陽気に歌い踊りながら夜を明かす兵士たちの様子を眺めつつ、兄の陣中見舞いに向かうジョルジュも散歩気分でのんびり歩いていたのです。戦闘に参加するのは、若き日に義勇兵として参加した革命闘争の時以来でした。あの頃は戦場の怖さもよくわからず、ただ若さと勢いに任せてがむしゃらに駆け抜けただけでした。ところが、こうして今あらためて戦場に立っていると、なぜか不思議に落ち着きを感じている自分に気づきました。

いったい、この感情は何だろうと自分で不思議になりながら歩いていくと、ほどなく将校用の簡易宿舎に着きました。

迎えに出ていたアントニオが待ち受けています。

「やあ兄さん、大戦果じゃないか」

笑顔で弟を迎えたアントニオでしたが、ふっと真剣な表情に戻ったのです。

「それなんだが……中で話さないか」

フランス軍の怒涛《どとう》の進軍にも浮かない顔の兄に少しとまどいながら、促されるままジョルジュも営舎に入りました。

「何か心配事でもあるのかい、兄さん。予想以上の快進撃だっていうのに」

「簡単すぎる。何だか誘いこまれているようだ」

「確かにそれは俺も思ったよ。けれどまだ本国に入ってないんだから、こんなものじゃないかな。ロシアがそんなに簡単な相手じゃないことは兵士たちもわかっているだろうに」

「そうだといいのだが……」

すると、その時、営舎の奥から一人の女性が現れました。透けるような純白の肌に黄金のように輝く髪、サファイアのような真っ青な瞳と左目の近くにある「泣き黒子」がとても印象的です。そのあまりの美しさに、ジョルジュは一瞬息をのんだほどでした。

その様子に気づいたアントニオの表情もほころびます。

「ああ、お前には紹介しておかないとな。マリアだ」

マリアは、まるで鈴の鳴るような耳触りのいい声で「よろしくお願いします」と、とても控えめに挨拶しました。

「驚いたな兄さん、いつの間に」

「まあ、いろいろあってな」

アントニオは、彼にしては珍しく照れくさそうに、はにかんでみせたのです。

「今回は何でまた、連れてきたんだい？」

「実は彼女の出身がウクライナでね。里帰りも兼ねて連れてきたわけだ。それに、この戦争が終われば、お前はウクライナとの交易を狙っているんだろう」

「ああ、そうだよ」

「マリアの親戚は、当地で農業組合を束ねている有力者だそうだ。ドロン商会の再興のために、きっと力になってくれると思うぞ」

「おお兄さん、そこまで考えてくれていたんだ。うれしいよ」

「何を言う、私にしたってドロン家の再興は悲願なんだ。今はお前が棟梁《とうりょう》なんだから、しっかり頼んだぞ」

「任せておいてくれ。それにしても、兄さんも意外に抜け目がないな。堅物だとばかり思っていたけど、俺もだまされたよ。こんな美しい女性と、やるなあ」

仲むつまじい様子のアントニオとマリアの二人を見ていて、ジョルジュもほっと胸をなで下ろしました。

アントニオには、すでに家庭があります。その意味では、愛人を持つのは不貞かもしれません。けれどもアントニオの妻とは、まだ父が現役の頃なかば強引に政略結婚させられていたのです。お互いに気乗りのしない結婚だったこともあり、夫婦仲は芳《かんば》しくありませんでした。結婚からほどなくして別居したまま、長く形だけの夫婦生活を送っていたのです。ジョルジュは、そんな兄が不憫《ふびん》でなりませんでした。

ジョルジュ自身は、運命の女性と思えるアンヌと出会い結ばれて、四人の子どもにも恵まれ、愛にあふれた家庭を築くという幸せをかみしめていました。尊敬する兄にもそんな幸せを感じてほしいと、かねてから思っていたところで、マリアの登場はジョルジュにとってもうれしいことだったのです。

その日はマリアも交え、久しぶりに兄弟で夜更けまで語り合いました。

対ロシア戦は、しばらくの間、相変わらずの状況が続きました。戦闘らしい戦闘もないまま、あっさりポーランドを通過したのに続いて、ウクライナを抜けてロシア本土内に進軍しても、ロシア軍の反撃はまったく手ごたえのないものだったのです。

時々ロシア軍の小部隊が散発的に攻撃してくるのみで、反撃するとすぐに崩れて敗走してしまいました。

さすがに、ナポレオンは「変だ」と気づきました。ロシア領内の奥へと、わざと招き入れているようだと勘繰ったものの、それでも進撃を緩めるわけにはいきませんでした。やめられなかったといったほうが正しいかもしれません。

生涯にわたり四十戦を超える戦闘を経験したナポレオンは、自らを失脚に追いやった晩年の敗戦を含めても、わずか三回しか敗れていません。どんな不利な状況でも最後は華麗に勝利を決めてしまいます。その神がかり的な強さの秘訣を一言で言うと、機動力に尽きました。敵が想像するよりもはるかに早く部隊を戦略ポイントに集結させて待ち構え、まだ態勢の整っていない所を襲撃して打撃を与えると、反撃の隙を与えないよう敵が陣形を立て直す前にさっと引きあげてしまうのです。

このような兵法ができれば理想的であるとわかっていても、そう簡単にはいきません。そこを、いとも簡単にやってしまうのが、ナポレオンの天才たるゆえんでした。

ある時の闘いでは、ナポレオンはわざと右翼の陣を手薄にしておき、それを察知した敵が右翼に集中して攻撃をしかけると、どこからともなく別働隊が現れてまたたく間に守備陣形を整えてしまいました。簡単に蹴散らせるものと、たかをくくっていた敵が攻略に手こずっているうちに手薄になった敵の中央に主力をぶつけ、あっさりと撃破してしまったのです。予想もしない兵力が予想もしない所から、わっと降って湧くようにあふれ出てくるのです。相手にとってはまさに神出鬼没で、指揮官はとっさにどう対応してよいかわからず、応戦する間もなく気づいたら部隊は壊滅に追い込まれているというわけでした。

事実、この時点でナポレオンは、得意の用兵術で負けなしの圧倒的な戦果を築き上げていました。様子が変だとは思っても、負けたことがない自分の必勝戦術をそうそう変えられるものではないでしょう。

ロシア軍もいつまでも逃げているわけにはいきません。どこかの地点で待ち構えていて、一斉攻撃をしかけてきます。その時が本当の勝負になることに疑いはありませんでした。そして、いったん戦になれば、絶対に負けない自信がナポレオンにはあったのです。

けれども、これからの戦争は、ナポレオンがまったく想像していなかったものになったようです。あれよあれよと言う間に、ついにモスクワまで到達してしまったフランス軍でしたが、ここでもロシア軍からはさしたる反撃がありませんでした。それどころか、住民さえ一人もおらず市内はもぬけの殻だったのです。

モスクワで待ち構える本隊との決戦を想定していたフランス軍は、誰もいない市内の様子に茫然としたことでしょう。ロシア軍はいったいどこへ消えてしまったのか。モスクワをゴールに突き進んできたフランス軍が行くあてを見失い、さまよっているうちに、無人のはずの街のあちこちから火の手が上がりました。

ここにきて、フランス軍はロシア軍の本当の恐ろしさを知ることになります。ロシア軍はモスクワの市民を強制的に退去させ、無人の街にしたうえで、井戸という井戸に毒を投げ込み、畑をことごとく掘り起こして荒らしておいたのでした。敵に与えないためですが、同時に、モスクワ市民は一夜にしてすべてを失ったことになります。ロシア軍はフランス軍を葬り去るために、都市一つと、その住民の生活のすべてを道連れにしたのでした。

食料の保存がきかなかった当時、兵站《へいたん》の補給は現地調達が基本でした。この頃、専制君主による圧政に苦しめられていたヨーロッパ地域の人々は、市民革命を成功させて特権階級を引きずり下ろしたフランスに好意的だったのです。ことに革命の英雄であるナポレオン軍はどこでも歓迎され、民衆は食糧を始めとする物資を喜んで差し出したのでした。

こうした民衆の人気がフランス軍の強さの秘訣の一つでもあったわけですが、ロシア軍はそれを強引に奪ったのです。

そのうえで街に火を放ったことで、モスクワは文字通り焦土と化しました。フランス軍にはもはや、食糧どころか休む所もろくにありません。そうしてフランス軍が十分に疲弊したところで、モスクワ周辺に待機させていた軍を市内へ突入させたのです。

兵たちは本国からの長旅で疲れているうえに食糧が乏しく腹をすかせており、反撃する力はもはや残されていなかったのです。ナポレオンは、ほうほうのていで退却するしかありませんでした。

さらに、季節はすでに冬にさしかかっており、慣れないロシアの寒さが兵の体力を奪いました。往路とはうってかわって、行軍はのろのろしていっこうに進みません。そこにロシア軍のゲリラ部隊が襲いかかります。弱ったフランス軍は、ゲリラ作戦によって簡単に崩され、いいように蹂躙《じゅうりん》されました。

フランスに撤退するまでに七十万人の半数が戦死し、二十万人が捕虜となり、残り十五万人の大半は逃亡。帰還できた兵は一万人に満たなかったといいます。


氷と雪で一面が覆われ、四角形の同じ形をした黒い建物が規則的に並ぶモノクロームのような街の一角で、ジョルジュは目を覚ましました。身体が鉄のように重く、すぐには動けません。顔だけを粗末な掛け布団からそっと出し、目をきょろきょろ動かしてまわりを眺めると、おもむろに口を開けました。

「オーギュスト、シャルル、いるか。聞こえたら返事しろ。ファビアン、ティムリ、おーい、大丈夫か」

ジョルジュの呼び掛けに、「はい」「はい」と力のない返事が返ってきます。ジョルジュと同じように、ぼろぼろの布にくるまり、うずくまるように固まって眠っていたまわりの男たちが目を覚ましました。

日中でも零下の街では、むき出しの石造りの壁は氷のように冷たく、暖房がないうえに隙間風が吹き込むので、ほとんど外気温と変わりがありません。男たちが寄り集まって身体を温め合うようにしても、朝になると冷たくなって死んでいる仲間がいるのです。無事を確認するために、目覚めるとまず仲間の名を呼ぶのが日課になっていました。

順番に名前を呼んでいって返事が聞こえていたのが、途中で途切れてしまいました。

「ピエール、おーい、ピエール、返事がないぞ、どうした、ピエール、返事をしろ」

しばらく待ったが返事がありません。

やがて、別の男が知らせてくれました。

「ジョルジュさん」

「どうした？」

「ピエールは死んだようです」

「そうか……」

ジョルジュは力なくつぶやきました。

そのまま男たちは、ぼろきれにくるまってうずくまっていましたが、日が高くなり、わずかばかりの暖かさが戻ると、ようやくのそのそと動き出しました。

一人、二人、ぼろきれから起き上がりましたが、最後の一人がうずくまったままでした。ピエールです。仲間たちはピエールの遺体をそっと外に運び出し、小屋の裏手にある雑木林に葬り、祈りを捧げ、形ばかりの葬式をしました。


モスクワを脱出したフランス軍でしたが、その後もロシア軍の執拗なゲリラ攻撃に遭い、多くの部隊が壊滅、敗走していきました。その中で逃げ遅れたジョルジュたちは捕らえられ、モスクワ近郊の収容所に収監されていたのです。

毎朝の儀式を終えると、もうやることがありません。あとは、できるだけ陽の光を浴びて身体をあたため、また夜に備えるぐらいです。雪原の収容所には鉄格子もなければ、塀もないのです。もし逃げても、近隣の街に着くまでに凍死するのが関の山だから、誰も逃げないのでした。だから捕虜たちは比較的、自由に動けます。

　仲間たちが思い思いのスタイルで日光浴にいそしむ中、ジョルジュは一人、離れた建物に向かって歩き出しました。

「ジョルジュさん、お兄さんの所ですか」

「ああ」

「どうです、容態は？」

「どうかな、よくはないな」

「希望は捨てないでください」

「わかっているよ。ありがとう。じゃあ、行ってくるよ」

　離れにある監視小屋には、傷病兵が収容されていました。

　ジョルジュだけではなく、兄のアントニオも同じように捕らえられましたが、幸運にも同じ収容所に行きついたのです。けれども、その時にはもう、アントニオは戦闘で受けた傷がもとで難しい状態でした。

　ジョルジュは監視小屋に着くと、ドアをコツコツたたきました。中から監視兵が出てきて、流《りゅう》暢《ちょう》なフランス語で言いました。

「おお、来たか、入れ、入れ」

ここだけには、さすがに暖房が入っています。

ジョルジュは暖をとるとともに兄を見舞うため、日参していました。

「イリューシン、どうだい戦況は」

「オーストリアとスペインも独立戦争をおっぱじめたってよ。スウェーデンも同盟に入ったし、これでフランスのまわりはみんな敵だらけだな」

気のいい監視係のイリューシンは、ヨーロッパ戦線の戦況をいつも教えてくれました。

監視小屋を襲って武器を奪い、脱走することも当初は考えていましたが、アントニオを放ってはいけないし、人のいいイリューシンを襲うのはしのびない。脱走計画は取りやめになりました。

「ナポレオンは？」

「相変わらずつえーな、みんなあいつにはかなわないと端《はな》っからあきらめてる。だから、ナポレオンが指揮する部隊とは戦わないで逃げるんだと。そのかわり、弱い将軍を狙い討ちして戦力を削ぐってわけだ」

「賢明だな」

「お前ら、戦争が終わるまでここでのんびりしていたらどうだ、フランスはもうすぐ火の海だぞ」

「いや、ここでのんびりしていたら凍死するのを待つだけだ。今朝も一人死んだしな」

「そうか、すまんな。でもわかってくれ、たき火用の薪《まき》でも渡してやりてんだが、それをやると俺が飛ばされちゃうんだよ」

「ああ、わかっているよ。さあ、兄さんのところに行かせてくれ」

ジョルジュの求めに応じ、イリューシンは傷病兵の小屋に通じるカギを開けると、ジョルジュを中に通してくれました。


ベッドに横たわるアントニオは、いつにもまして顔色が悪いようです。

ジョルジュが訪ねてきたのに気づくと、目を開いてほほ笑みましたが、どうにもぎこちないのです。そんなアントニオの手の上に、ジョルジュはそっと自分の手を重ねました。

「どうだい、兄さん、調子は」

アントニオは、力なく首を横に振りました。

「おいおい、そんな弱気になるなよ、すぐによくなるって」

「いや、俺はもうだめだ。わかるんだ」

「兄さん……」

「ジョルジュ、頼みがある」

「なんだい？」

「マリアのことだ」

「マリアの？」

「ああ、私の人生に、もう思い残すことはない。妻には悪いことをしたが、私が死ねば実家に帰る口実ができるんだから、かえって好都合だろう。だがマリアは、マリアのことだけは心残りだ。頼む、お前が生きてここを出られたら、彼女の支えになってやってくれ」

ジョルジュはアントニオの手を精一杯の力で握り返しましたが、それは、はなはだ弱々しいものでした。

「ああ、わかった、もしもの時にはな。でも兄さん。マリアさんのことは、兄さんが生きて帰って面倒を見るべきだ。マリアさんのためにも頑張らないと」

アントニオの目から、涙がつーっとこぼれました。

ジョルジュも泣くまいと思いながら、もうこらえきれなくなっていたのです。

「そうしたいところだが、無理らしい。頼むぞジョルジュ、お前だけが頼りだ、神のご加護を……」

最後のほうは声が細くなってもう聞こえなくなり、言い終わった途端、アントニオは弱く長い息をすーっと吐いたかと思うと、そのまま動かなくなりました。

「兄さん、おい兄さん。だめだ、死んじゃだめだ。生きてここを出るんだ。みんなで帰るんだよ、兄さん。アントニオ、起きろ！」

ジョルジュは、兄の胸にすがって子どものように泣きました。もうアントニオが再び起き上がることはないとわかっていましたが、いつまでもその場を離れることができなかったのです。

やっと立ち上がり、兄の遺体を抱えて監視小屋から出てきたのは、もう昼をとっくにまわった頃のことでした。仲間たちも寄ってきて、ジョルジュの腕の中で目をつむるアントニオの額にキスをし、手を合わせたのでした。

ジョルジュは仲間たちと、兄アントニオの遺体を手厚く葬りながら言ったのです。

「俺たちは必ずここを出るぞ。もうフランスも戦争も、どうでもいい。生きてここを出るのが俺たちの使命だ。いつになるかわからないが、それまでは絶対に死ぬな」

まわりの男たちも同じ気持ちで手を合わせ、ジョルジュの言葉に力強くうなずきました。目的を持った者は強くなります。以後、この収容所で凍ったまま朝を迎える者は出なかったのでした。


ロシアでの大敗は、フランス帝国の陰りを予感させました。

実際、大きな戦力を失ったことで、一時的にせよ、軍事力は極端に低下しています。狙うのなら今しかありません。

フランスの衛星国に甘んじていたプロシア、スペイン、オーストリアはこの機に乗じて独立戦をしかけ、イギリス、ロシア、スウェーデンは第七次対仏大同盟を結成してフランスを圧迫しました。一度は制圧したヨーロッパ諸国が、たった一度の敗戦で、一斉にフランスに向かって反旗を翻したのです。フランスの強さは、ナポレオンの軍事力ただ一点に支えられていたのでした。

それでもナポレオンは相変わらずの戦巧者ぶりを発揮し、反乱軍を寄せつけませんでしたが、四方八方を敵に囲まれた状態ですべての部隊の指揮をとることはできません。やがて守りの弱い部分を集中攻撃され、さすがのフランス軍も徐々に追い込まれていきました。一八一四年になると、戦場はフランス国内に移りました。東からは連合軍が殺到し、南からはスペインを制圧したイギリス軍が侵入したため、ついに国境線を突破され、フランス全土が戦場と化していったのです。

ナポレオンは徹底抗戦しましたが、多勢に無勢でした。パリが陥落すると、ナポレオンも抵抗を

断念して投降します。捕らえられたナポレオンは、コルシカ島とイタリア本土の間にある小さなエ
ルバ島の領主へと降格になり、事実上、追放されたのでした。こうして、戦闘はいったん終焉《しゅうえん》しました。

　捕らえられていた捕虜も解放され、ジョルジュたちも気のいい監視係に別れを告げて収容所を後にしたのです。フランスに戻る道すがら、ジョルジュたち一行はアントニオとの約束を果たすため、モスクワに向かう途中にウクライナで別れたマリアを訪ねました。

　そしてマリアにアントニオの訃報《ふほう》を伝えると、彼女は泣き崩れました。そのままジョルジュたち一行は、マリアの実家、コヌィレーンコ家の厚意で滞在させてもらいました。そこでしばらくの間、捕虜生活の疲れを癒すことにしたのです。

「ジョルジュさん、眠れないんですか」

　バルコニーで外の風に吹かれ、コヌィレーンコの奥さんが淹《い》れてくれたコーヒーを飲みながら考え事をしていたジョルジュに、ドロン商会時代からの長い付き合いになる古参の部下オーギュストが声をかけました。

「ああ、不思議なもんだな。温かい布団と柔らかいベッドがあれだけ恋しかったのに、いざ寝てみると、どうも柔らかすぎる。あの固い床が恋しいぐらいだ」

「人間は、どんな状況にも慣れるもんですね」

「そうだな。ところでお前、パリに帰ってどうする」

「どうするって、ずっとジョルジュさんについていきますよ」

「そうか、ついてきてくれるか」

「ええ、もちろんです」

「なら、俺とここに残ってくれる？」

「え？　ここって、ウクライナにですか」

「そうだ」

「フランスには帰らないんで？」

「帰るさ。でも、俺たちはまだ何もつかんでいない。むしろ、フランスを出る前より多くのものを失った。だが見てみろ、この見事な麦畑を」

ジョルジュの前には見渡す限り、地の果てまで続く広大なウクライナ麦畑が広がっていました。月に照らされた麦の穂は青々として、今にも豊かで多くの実をつけようとしていたのです。

「確かに、噂にたがわぬ大穀倉地帯ですね。久しぶりに、穀物屋だったことを思い出しましたよ」

「そう思うだろう。もうすぐ、この穀物がたわわに実る。それを、俺たちの手で売ってみないか」

「できますかね？」

「マリアのおやじさんに聞いた話じゃ、皇帝が失脚したあと、あの太っちょのルイ十八世を立てて王政に戻ったっていうじゃないか」

「ええ、聞きました。亡命貴族も呼び戻しているとか。あいつらは、元の絶対王政にフランスを戻そうとしてます」

「そうなると改革派の俺たちには分が悪い。皇帝の協力者だしな」

「下手をしたら、俺たちも島流しかもしれませんね」

「まあ島流しにならないまでも、肩身の狭い思いはするだろう。いまいましい貴族たちが幅を利かせるパリより、ここのほうがずっと住みやすい。落ち着いたら、みんなの家族も呼び寄せるつもりだ」

「いいですね、それ」

「よし、決まった！」

収容所生活の中では「生きて祖国に帰れるだけでいい」と思っていたのに、いざ解放され祖国を目の前にすると、あれだけ恋しかった祖国が急に色あせたものに見えました。今戻っても、二年前に、にっくきベルナールにまんまと嵌《は》められ、何もかもすべてを失ったあの屈辱の日々に戻るだけです。

なぜ命を賭けて、義勇兵として再び戦場に立ったのか。

モスクワの厳しい寒さの中で、迫り来るロシア・ゲリラ部隊の恐怖におののいた夜を送ったのはなぜなのか。極寒の収容所で寒さと屈辱に耐え、仲間の死を見送らねばならなかったのはなぜだったのか。

なぜ、最愛の兄を失ったのか。

すべては、あの日の屈辱を晴らすため、いつの日かドロン商会の再興を果たすためではなかったか。すべてを捨てて賭けたのに、まだ何も得ていない。失ったものだらけだ。

幸い、まだ生きている。気力もある。仲間もいる。どこまでも広がるこの大地には、無限の可能性が満ち満ちている。忘れかけていた野望がふつふつとジョルジュの心によみがえってきたのです。

## 第五節　それでもパリに生きる

エルバ島から脱出したナポレオンが皇帝に返り咲いたことで、いったん収束したフランス戦争が再燃。フランス国内はまたも戦禍に見舞われました。結局、ナポレオンの復活劇は九十五日で幕を閉じ、ルイ十八世による復古王政路線に戻ったものの、一連の戦争でフランスの負った傷は深いものがありました。

フランス革命の後、反フランス同盟との戦闘に突入してからナポレオンの完全失脚によって終結するまでのおよそ十年間で国内で約三百万人の兵が動員されうち二百万人が死亡したのです。

革命時の内戦を含めて、フランス国内には戦闘の嵐が吹き荒れ、パリの街中にも戦火の傷跡が生々しく残っています。もうここ二十年あまり、戦火に次ぐ戦火のため復興もままならなかったのですが、ようやく街のあちこちで修復が始まりました。壊れた建物を修復する大工職人たちが鳴らす、小気味いい槌音《つちおと》が響くパリの街で、洗濯に精を出すアンヌの姿がありました。

ドロン商会が破産した頃は実家の援助もあり、暮らしぶりはさほど変わりませんでした。けれども共和制から帝政に移り変わる中で貴族は力を失い、唯一の後ろ盾であったラファイエット公が失脚したことによって実家は没落してしまったのです。

頼みの夫はロシア戦役に出たまま生死不明で、アンヌたちの一家は、ドロン兄弟の末弟カミーユの援助で何とか細々と暮らしを立てていました。

当然、使用人を雇うような余裕はありません。

貴族出身で裕福な生活しか知らなかったアンヌが、慣れない家事を一から覚えていくのは容易なことではなかったでしょう。手慣れた様子を見せるようになったのは、ようやく最近のことでした。

するとそこに、カミーユが息せき切って駆け込んできました。

「姉さん、アンヌさん。兄さんたちの消息がわかったよ」

アンヌはその言葉にドキッとしました。

「えっ！」

心臓が高鳴ります。

こちらに向かって走りながら叫ぶカミーユの表情は険しく、悪い知らせではないか、という不安が一瞬よぎったからです。けれどもカミーユの次の言葉に、アンヌの表情は安堵に変わっていったのです。

「ジョルジュ兄さんは生きてた、無事でしたよ」

「ああ、神様」

アンヌは手を合わせて空を仰ぎました。生きている。それだけで今はうれしい。

アンヌの所にたどり着いたカミーユは息を整えると、話を続けました。

「残念ながら、アントニオ兄さんは亡くなってしまったらしいけど、ジョルジュ兄さんはウクライナにいるそうです」

「ウクライナに？　なぜ戻ってこないのかしら。まさか、ケガでもしているんじゃ」

「いいえ、元気にしているそうです」

「元気に？　それじゃあ、なぜ……」

　カミーユは、アンヌの問いに答える変わりに、ジョルジュから送られてきた手紙を差し出しました。受け取った手紙を読むと、そこにはアントニオの戦死、自分は無事で今ウクライナにいて事業再開の準備をしていること、ドロン商会の再建についての、カミーユあての連絡と指示など事務的な内容が続き、最後に家族の安否を知らせてほしいということが書かれています。

「事業って、あの人。パリは大変なことになっていたのよ。私たちが心配ではなかったのかしら」

　あの日、ロシア戦に私兵を引き連れて参戦する準備を進めていたジョルジュに、出征を思いとどまるよう説得した時もそうでした。

「戦争には行かないで」

　そう言うアンヌに、ジョルジュは耳を貸さなかったのです。

「ドロン商会を再興するにはこれしかない。チャンスなんだ。俺たちを陥れたやつらを見返し、誇りを取り戻すんだ」

　そう繰り返すばかりでした。

「あなた、あなたには事業より男の誇りより、何より大事なものがあるのに、それが見えないの？」

　アンヌは独り言のようにつぶやきました。

ウクライナにいるジョルジュとしばらくの間は、手紙のやり取りが続きました。けれども、それはアンヌからの一方通行のことが多かったのです。家族の様子、パリの様子、ジョルジュの健康を気遣っていることを事細かに書いて送っても、戻ってくるのはせいぜい三回に一度。それも、いたって事務的な内容でしかありません。ジョルジュの指示で、ドロン商会の再建に乗り出したカミーユのほうが、事業のことでよほど頻繁に連絡を取っているようでした。そのおかげで事業は順調にいっているようで、手紙の内容も「銀行口座に生活費を振り込んだからよろしく」といった内容であることが多かったのです。

「ジョルジュ、私がほしいのはお金じゃないのよ。元気なあなたに早く会いたいの。子どもたちも待っているわ」

アンヌは、ジョルジュから送られてきた手紙を胸に抱きながらつぶやきました。内容がいたって事務的であっても、それは間違いなくジョルジュの肉筆であり、今は唯一、彼の生のぬくもりが伝わる証《あかし》でもありました。そんな母親の様子を心配した長男ジャンが見つめています。

「お母様」

「うん？　どうしたの、ジャン」

「大丈夫ですか？」

「大丈夫よ、お母さんはこの通り元気よ」

「お母さんは、ぼくが守るから心配しないでくださいね」

「え？　何、どうしたの？」

「お父さんがいない時は、長男のぼくがお母さんや弟、妹たちを守れってお父さんに言われていました。だから、ぼくがお母さんたちを守ります」

アンヌは、ジャンをしっかり抱きよせました。目から涙がぽろぽろとあふれ出て、ほおを濡らします。

「ありがとう、でも大丈夫よ」

アンヌは、この時、決心しました。

ずっと迷っていましたが、ジョルジュに会いに行こうと決めたのです。

十二歳になるジャンはまだしも、幼い子どもたちを置いて行くのはしのびなかったからでした。でも、ジャンがいれば大丈夫だと確信したのです。アンヌは改めてジャンに向き直ると、諭すように話し始めました。

「ジャン、あなたにお願いがあるの」

「はい、何でしょう」

「お母さんは、お父さんに会いにウクライナまでいこうと思うの。ちょっと遠い所なので長い旅になると思うわ。その間、カミーユ伯父さんの所で待っていてほしいの。ジャンは、弟と妹たちの面倒を見てくれる？」

「嫌です。ぼくも行かせてください」

「とても長い旅になるの。ジャンはともかく、小さい子どもは連れていけないわ。そうしたら、ちびちゃんたちの面倒を見る人が必要でしょう。ジャンあなただけが頼りなのよ」

「弟たちには乳母がついていれば大丈夫です。それより、お母様が心配です」

いつも聞き分けのいいジャンにしては強情でした。

その後もアンヌは何度も説得を試みましたが、ジャンは「自分も行く」と言って頑として譲りません。とうとう最後には、アンヌのほうがジャンに根負けしてしまったのです。


「それじゃあカミーユ、子どもたちのことをお願いね」

「ええ、安心して任せてください。姉さんこそ、お身体には気をつけてくださいよ」

小さな子どもたちは母との別れを惜しみながらも、けなげに耐えていました。

「あなたには、本当に頼りっぱなしね」

「いいえ、気にしないでください。それより姉さん、本当に兄さんには連絡しておかなくていいんですか」

「ええ」

「でも、心配するんじゃないですか」

「何度か手紙で、『私から会いに行く』と書いたんだけど、『仕事が忙しいから来るな、そのうち帰るから心配するな』って言うだけで」

「まあ、確かに仕事が忙しいのは確かでしょうが」

「行ってしまえば、ジョルジュも『帰れ』とは言わないでしょう」

「そうですね」

「さあ、もう行かなくちゃ。チビちゃんたち、いい子でお留守番していてね。おじさんを困らせるんじゃありませんよ」

子どもたちは、名残惜しそうに小さな手を振りました。

「向こうに行ったらジョルジュ兄さんによろしく言ってください」

「わかったわ。ジャン、行きましょうか」

「はい、お母様」

ジャンの頑固さに根負けしたアンヌは、最年長のジャンだけ連れていくことにしたのです。

そうして二人で馬車を乗り継ぎ、パリからウクライナまで二〇〇〇キロを超える旅に出ました。

十七歳の時、ボルドーからパリまで一人旅をしたことを思い出しました。あの時は、花の都パリへの憧れと若さで、道程が苦になることはありませんでした。けれども今回の旅は、とても厳しい旅となったのです。

パリを出た時にはまだ春でしたが、旅の途中で季節は夏に変わりました。途中の駅舎で馬車の用意がなければ、徒歩で次の駅まで向かうことになったのです。

ジャンを連れてきてよかったとアンヌは思いました。一人では旅のつらさに参ってしまったかもしれません。ジャンといれば、長旅の疲れも癒されます。

そうして、一か月かかってウクライナのキエフ近郊にたどり着いた時には、二人ともすっかり日焼けして真っ黒でした。

ジョルジュが身を寄せているというコヌィレーンコ家は、地元でよく知られた名家のようでした。地域の人に尋ねると、難なく居場所がわかりました。

　行きついたのは、はるか遠くまで麦畑で覆われた大地が見渡せる丘の上に立つ立派な邸宅です。訪ねると、胸に小さな赤ん坊を抱えた若い女性が出てきたのです。

　とてもきれいな女性です。肌が抜けるように白く、髪はきらきら光る金色で、青空より青い瞳をしていました。心なしか悲しそうな、愁いのある表情をしたその女性と会ったとたん、アンヌは、なぜか嫌な予感がしました。

「アンヌ・ドロンと申します。パリから参りました。こちらで夫がお世話になっていると伺って訪ねてきたのですが」

　女性は、一瞬驚いた表情を浮かべましたが、小さく「どうぞ、こちらに」とアンヌを屋敷に招き入れました。そうして広い屋敷を進んでいくと、奥の部屋に見慣れた男たちがいました。男たちはアンヌを見ると、みな一様に驚きの表情を見せました。

「奥様、どうしてこんな所に」

「オーギュスト、シャルル、まあファビアンまで、皆さん、お久しぶりですね。あなたがたもみんな無事だったようで、よかったわ」

「おかげさまで、何とかこちらでがんばっています」

「カミーユから聞いていますわ。ところで夫はどこにいるのかしら」

男たちは顔を見合わせて、押し黙ってしまいます。その雰囲気に、アンヌの心に芽生えていた嫌な予感はさらに大きくなっていきます。

「いったい、どうしたというのですか。ジョルジュはここにはいないのですか？」

古参のオーギュストが、決心したように口を開きました。

「奥様、あの、驚かないで聞いてください。ドロンさんは、旦那さんは、こちらで私たちと一緒に頑張っていたんですけど先月、急に倒れられて、そのまま。人一倍丈夫な人でしたけれど、捕虜生活の劣悪な環境で心臓が弱っていたみたいで……」

アンヌには、夫の死を受け入れる心の余裕がありませんでした。オーギュストの話を聞きながらふと気が遠くなり、ジャンに支えられていなければ、その場に倒れ込んでいたでしょう。それからのことは終始うつろで、アンヌはよく覚えていません。

部下たちの案内でジョルジュの眠る墓地へ参り、そこで、ささやかでしたが心尽くしの葬儀を執り行いました。戦争で死んだかもしれないと思っていた夫が、出兵してから二年後、遠い空の下で生きていると聞かされました。けれども、それからさらに一年は夫と再会することもなく、ただ手紙が届くばかり。そうして、やっと夫の居場所まで訪ねてきたと思ったら、すでに亡くなっていたというのです。

夫は本当に生きていたのだろうか、自分は幻を追っていたのではないかと、アンヌはぼんやり考えていました。

それでも、夫はすでにこの世にいないのだという事実を受け入れるしかありません。在りし日の夫の姿がわかれば少しは実感が湧くかもしれないと、アンヌは部下たちやコヌィレーンコ家の人々に、ロシアに向かってから亡くなるまでのジョルジュの様子を聞きました。

「モスクワの焦土作戦」、「ゲリラ部隊との神経戦」、「収容所での過酷な生活」、「兄アントニオの死」、「ウクライナに来てドロン商会の再興を誓い合い、それから今日まで身を粉にして働いてきたこと」。

愛する妻子に会いたい気持ちが勝ってしまうと、事業へ注ぐエネルギーが削がれるからと、あえてアンヌの手紙も読まなかったこと。部下が代読して、返事も部下が書いていたこと。みんな正直に話してくれました。

ただ一つ、皆で口をつぐんでいたのがマリアのことでした。コヌィレーンコ家には数日間滞在しましたが、赤ん坊の父親らしき人は見当たらなかったのです。誰もそのことには触れませんでした。けれども、アンヌにはわかっていました。赤ん坊の父親が誰か、聞くまでもなかったのです。


ウクライナを後にしたアンヌとジャンは、一か月かけてたどり着いた道のりを、手ぶらで引き返すことになりました。オーギュストが手配してくれたおかげで、帰りはパリへ運ぶ荷物と一緒に船に乗って行けることになりました。

出航を待つ間、アンヌは黒海を望む岬に一人で立って考えごとをしていました。

愛する夫に裏切られたことに、不思議と憎しみは湧きませんでした。ただ、ひたすら虚しかったのです。生きていることが、ひどく意味のないことに思えてきたのです。

そのまま、ぼんやり岸壁に押し寄せる波を眺めていたら、なぜか遠い昔に、同じような景色を見ていたような錯覚を覚えました。その時は、横に誰かがいた。とても満ち足りた気持ちだったような気がする。

ふと横を見ると、そこには誰もいませんでした。虚しさが心を支配し、いっそこのまま波に我が身を預けたら楽になるのではないかと思えました。

そうしてアンヌは、ふらふらと岬のへりに向かって歩き始めたのです。

その時。

「お母様!」

アンヌはその言葉でふと我に返りました。振り返ると、ジャンがいます。

悲しい目でアンヌを見ていました。

『そうだ、自分には子どもたちがいるのだ。この子たちを置いてはいけない。ジョルジュを責めるのはよそう。彼がいない今、私がこの子たちを育てなければ』

アンヌは、一人で子どもたちを育てようと決心しました。


船旅は楽ではありませんでしたが、馬車を乗りついで炎天下の陸路を旅した行きに比べれば、ずっと早くて快適な旅になりました。けれども、どうしたことか長旅を終えてパリに戻った途端、元気だったジャンが急に寝込んでしまいました。医者に診せても、原因はわからないというのです。

ジャンは日に日に衰弱していきました。まるで役割を終えて、生きるエネルギーが切れたかのようになり、最後は眠るように静かに息を引き取ったのです。

そのなきがらに取りすがり、アンヌは涙がかれるまで、いつまでも泣き続けました。

「ジャン!、ジャン!…どうして死んでしまったの。

まだ十二歳なのに、夢も希望もあっただろうに、何も叶えられぬまま死んでしまった。

神様がいるなら、なぜ、こんな残酷なことをするの。

なぜ私から愛する子どもを奪うの。なぜ、こんなに悲しい人生をこの子に与えたの。

いったいこの子が何をしたっていうのでしょう。

ああ神よ!、あなたは何て無慈悲なのでしょうか……」

涙が枯れてもアンヌは泣き続けました。

小さなジャンの身体が棺に入れられ墓地に葬られようとしても、まだ離れたくないと泣いてすがったのです。

アンヌは、自分もそのままジャンと一緒に死んでしまいたいと思いました。

けれども、ふと我に返ると、目の前には残された三人の子どもたちがいます。

「自分にはまだやることがある。この子たちを育てなければ」

倒れそうになる心を、アンヌは必死に奮い立たせました。


暖かい日差しに包まれた気持ちのよい高原の一軒家で、一人の老婆がぼんやり椅子に座って気持ちよさそうに日なたぼっこをしていました。

ずっと長い時間なにをするでもなく、かといって眠ってしまうわけでもなく、椅子に座ったままじっと動かず、ただ、じっとぼんやりしていたのです。

そこに、一人の美しい女性が近づいていきました。

「あなたは誰ですか？」

女性の姿に気づいた老婆がたずねました。

「私はアリエール。ここの管理人みたいなものね」

「管理人？　そういえば、ここはどこなのでしょう」

「霊界よ」

「霊界……よく覚えていないわ」

「無理もありません。老衰で亡くなったあなたは、何か月も意識が混濁したままで息を引き取ったんですもの。亡くなる前の記憶がありませんからね」

「そうですか、私は死んだのですか。するとやっと、あのつらい人生から解放されたのね」

老婆は、薄ぼんやりながらも記憶を取り戻していったようです。

「そんなに、地上での人生はつらかったの」

「それはもう、若い頃は戦争ばかりで生きた心地がしなかったし、やっと戦争が終わったと思ったら夫は亡くなってしまって、まだ小さかった子どもたちを一人で育てたのよ」

「そう、大変だったわね」

「夫が亡くなって夫の実家とも疎遠になって、装飾品や家財道具を売り払って何とか生計をたてたわ。最後は売る物がなくなって、庭で野菜を育てて飢えをしのいだ時もあったのよ。どうして、こんなつらい人生なんだって恨んだものだわ」

「一番つらかったのは、どんなこと？」

老婆はその問いに、しばし考え込みました。遠い記憶に思いを馳せているのか、しばらく黙ったままうつむいていました。

やがて顔を上げると、悲しそうな表情で言いました。

「ジャンが、長男が亡くなった時のことね」

「ウクライナからパリに戻ってきた時だったわね」

「ええ、そう。あの旅もつらかったけれど、あの子が私を支えてくれたの。あの子がいなければ、あそこで私は死んでいたでしょう。あの子は私を救ってくれたんです。でも、パリに戻ったら急に。元気だったのに、私の大事な宝物だったのに……」

老婆はこらえきれずに嗚咽《おえつ》をもらしました。それは、自分自身が亡くなる数十年前の出来事だったはずです。それでも老婆の心の中に、息子を失った悲しみは、いつまでも鮮烈に残り続けていました。数十年のあいだずっとこの老婆の胸を締めつけ、その痛みは決して癒えることはなかったのです。

老婆が落ち着くまで長い時間、アリエールは身動き一つせずにじっと待ち続けました。

やがて老婆が落ち着きを取り戻したところで、アリエールは切り出しました。

「会いたい？　ジャンに」

「それは、会いたいですよ。会えたらどんなに嬉しいか……でも、でも、あの子は」

「ここは霊界ですよ」

「……会えるんですか？」

「あなたが亡くなって、ここに来たように、ジャンもすでにここにいますよ」

「本当に？」

老婆の顔に明るさが戻りました。けれども、とても信じられない、というような表情でした。アリエールは、老婆に返事をする代わりに、バルコニーから部屋の奥の暗がりに向かって呼びかけました。

「さあ、こっちにいらっしゃい」

すると、一人のおとなしそうな青年が出てきました。その姿を見た老婆は、わなわなとふるえました。

「ジャン、あなたなの？」

目の前の青年が、老婆にはなぜか、十二歳で死んだはずの我が子だとわかったのです。

「そうですよ、お母様」

「ああ、ジャン、ジャン、会いたかった、あなたに会いたかったのよ。いったい何十年、あなたのことを思ったか」

老婆は立ち上がって青年ジャンに抱きつくと、いつまでも泣いていました。

いつの間にか老婆は若い女性に姿を変え、青年は十二歳のジャンに戻っていました。

そうして、かつてのあの日のように仲むつまじい親子に戻り、離れていた間にお互いにあったことを語り合いました。

その様子をほほ笑ましく眺めていたアリエールが言います。

「ようやく思い出してきたようね」

「ええ、アリエール。まだアンヌとして生きていた時の感情が残っていて、少し不安定ですが、ずいぶん戻ってきました」

アリエールは満足そうにうなずきました。

「あなたは息子を失った悲しみで神を恨んだけれどそれは悲しいことではなかったのよ」

「そうですね、私を救うために彼は私の子どもとして生まれてきてくれたのですね」

「放っておけば、あなたはまた同じ過ちを犯してしまうところだったわ。そのカルマからあなたを救う使命を終えたから、ジャンは天上界に戻っただけよ」

「前回、私は自殺してしまったために、カルマを浄化する必要があったのですね。それが、今回の長いつらい一生の意味だった」

「そういうことです」

アンヌはそこで、ふっと暗い表情になりました。

「結局、今回も私たちは気づくことができませんでした。これは私のカルマのせいで、ジョルジュのせいではないのですよね」

「そうとも言えないわ」

「どういうことです？」

「ジョルジュは今回も、あなたが止めるのを聞かずに戦場へと向かいました。それは愛のためではなく、憎しみと復讐心に捉われた結果でした」

「ライバルにだまされてドロン商会を破産させたことをひどく悔やんでいた。そして、相手を恨んでいましたからね」

「ライバルが現れて、ジョルジュに大きな試練を与える。ここまでは霊界で本人が考えたシナリオ通りに話が進んでいます」

「自分の人生は、霊界で自分が考えたシナリオ通りになるのですか？」

「そうです。あなたたちが、これから天上界でする大切な仕事がそれよ。次に地上に降りた時に、どんな修行をすればよいか自分で考え、シナリオを組み立てるの」

「けれども地上で、現世を生きる本人の意識で選択する余地が残ると？」

「その通りです。用意された試練に対してそれをどう受けとめ何を選択するかは、現世に生きる生身の人間です。その選択と受け取り方の結果で、修行の到達点は変わるのです」

「愛にしたがった選択をすれば素晴らしい人生が開けて、魂もより磨かれるけれど、愛にそむくと人生はどんどん転落する。いつかの私のように誘惑や弱さに負けてカルマを積んでしまうと、浄化のために長い修行期間が必要なんですね」

「はい。でも、もうすぐです」

「修行の旅も終わる？」

「ええ、次の人生でどう選択するかを誤らなければ、大きなチャンスが訪れるでしょう。しっかりやることです」

アンヌの表情はとても晴れやかで、澄みきっていました。

第三章

# 「第三都」東京の物語

## 第一節　下町の深川と山の手

隅々まで精緻《せいち》な装飾がほどこされた豪奢《ごうしゃ》な部屋の明るい窓辺で、美しい女性が壁にしつらえられた巨大なスクリーンに見入っていました。

スクリーンには、身なりがよく、端正な顔立ちの若い男性が映し出されています。かなり発達した都市で暮らしているようでした。

しばらく男性の様子を映し出していたスクリーンが、女性がさっと手をかざしたのを合図にパッと切り替わり、今度は、おとなしそうな若い女性を映し出しました。

「よし決めた！　やっぱり、この二人にしよう」

女性は独り言とは思えないほど大きな声でそう宣言しました。

その時、女性の傍らにいつの間にかアリエールが立っていたのです。

「大企業の御曹司と、その会社のＯＬですか。変わった取り合わせですね」

「ええ、今回の私の修行にはぴったりの家庭になるはずです」

「まあ、いいでしょう。それで、いつ出発するのですか？」

「もう、このまま旅立ってしまおうかと」

すると、アリエールは大げさに驚いてみせました。

「まあ、二人はまだ出会ってもいないんですよ。ずいぶん気の早いこと」

「もう待ちきれない感じなんです」

「彼とはちゃんと示し合わせたの？」

「はい、その点は大丈夫です」

「そう、じゃあ、気をつけていってらっしゃい」

「それでは、アリエール、お元気で」

女性は立ち上がって、どこへともなく消えていきました。その後ろ姿をアリエールは静かに見送ります。

女性は、ムーではターアとして、古代ローマではアンネとして、そして近世フランスではアンヌとして生きた魂でした。


今、彼女は、再び修行の旅に出るため、地上へと舞い戻ったのです。

そうです、彼女は……東京で普通のOLを母体とし、まだ出会っていない男性との間に生まれる子どもとして、その胎内に宿ったのです。

魂は、修行のためにふさわしい家庭を自ら選んで生まれてきます。時には、まだ出会っていない男女を引き合わせることもしますし、反対に、母体から生まれ出てからしばらくして、その子どもの身体に入り込むこともあるのです。

とにかく子どもは、「自分の使命」に合った親を選んで生まれてくるのです。

女性は、大企業を経営する一族の御曹司である裕福な男性と、その会社で働く女性の間に生まれることを選びました。この時点で、まだ出会ってもいなかった両親は、やがて偶然のいたずらによって出会い、恋に落ち家庭をつくり、子どもが生まれました。その子には、津島安奈という名前がつけられます。一九八〇年代のことです。

安奈が生まれる約一年ほど前、ツインソウルの片割れであり、ムーではタージ、古代ローマではゲオルグ、近世フランスではジョルジュとして生きた魂も、東京の下町で小さな商店を営む家庭の次男としてこの世に生を受けました。

彼は五十嵐丈二という名前になりました。あらかじめ天上界で示し合わせた通り、二人はほぼ同じ時期に、同じ地域に生まれ育ったのです。

これまで何度、二人はこうして同じ時代、同じ地域に生まれ変わってきたことでしょう。その度に二人は運命的に出会い、同じ時を過ごしました。時には男女として深く愛し合い、時には無二の親友として厚い友情を育み、また時には固い結束で結ばれた親子や兄弟としてともに支え合って生きたのです。あるいは、出会ったのはたった一度でも、人生の転機となるきっかけを与える存在として登場したこともあります。

いずれにしても、互いにとってかけがえのない存在でした。

けれども、その時々のさまざまな事情により、愛と裏切りと別れを繰り返したのです。

ムーでは、最初にほのかな「恋愛」を経験し「裏切りの愛」への準備をしたといえます。

そしてローマやフランスでは、一度は深く愛し合うというプラスの愛を経験しつつも、やがて裏切りや別れというマイナスの愛を経験し、悲劇的な結末を迎えました。そのほかの過去世でも、喜怒哀楽を何度も何度も気の遠くなるほど繰り返してきたのです。

そして長い魂の旅路の果てに、ついに現代にまでたどり着いたのでした。

今生でも、やはり二人は運命的に出会うことになります。それは、二人がまだ高校生の時のことでした。


春の暖かい風が吹き抜ける気持ちのいい朝、街の一角では、静けさを吹き飛ばす賑やかな喧騒が響いていました。東京下町の深川にある問屋街の朝は早く、まだ七時だというのに朝一の客がそろそろ引け始めており、店の女主人峰子はひと休みしようと従業員に後をまかせ、店舗に隣接する自宅に戻ろうとしました。

東京下町・深川の肝っ玉母さん、という表現がピッタリする五十嵐峰子は、どことなく温かみのある笑顔とちょっと小太りな体型がよい印象を与えています。そう、なぜかまるでエンゼルのような天真爛漫さもあるようです。

ちょっと皆と違ってソウルメイトではなく、指導霊として最初ローマではルマニアおばあさんであり、次にフランスではロベール教授（男性役）であり、本当は天界・天国における管理人アリエール（実は、大天使ウリエル）なのです。

今生では、丈二と安奈のツインソウルとしての総仕上げの大切な時期なのです。このためサポーターの管理人として魂を分割させて二役を演じているのです。つまり丈二の母親としての五十嵐峰子。そして安奈の母方の祖母としての山本富士子なのです。

さて、峰子がちょうど自宅のドアノブを握ろうとしたまさにその時、自宅のドアがパッと開いて、長身の少年が慌てて飛び出してきました。

「もうっ、びっくりした。丈二！　なによ、朝っぱらからせわしないわね」

「わりぃ、遅刻しそうなんだ」

そう言いながら上着のボタンを留め、かかとで踏んづけていた靴を履こうともがいていました。

「日曜日だっていうのに、どこに行くの」

「代々木だよ、昨日言ったろ」

「そうだっけ？　バスケの大会はもう終わったんじゃないのかい」

「今日はバスケじゃないよ、英語弁論大会だって」

「英語弁論大会？　お前が？」

「俺は付き添い、出るのは正人だよ」

「ああ、立川医院とこの坊っちゃんね」

「そう。それじゃ、行ってきます」

「ちょっと、どこに行くの。駅と反対方向じゃない」

「いいんだ、深川八幡で待ち合わせだから。じゃあ！」

「はいはい。行ってらっしゃい」

慌ただしく駆け出して行く息子を、母親の峰子はやれやれというよりちょっと含みのある笑い顔で見送りました。これから始まる最後の物語として「配役および舞台」のセッティングはもう出来上がっているようなのです。

テレビでは、甲子園のスターから西武入りした大物ルーキー、松坂大輔投手の活躍を伝えるニュースが流れています。いつもと変わらない朝の風景でした。

永代通りに面した正面入り口の大鳥居をくぐって境内に入ると、御影石が敷きつめられた参道の向こうに、朝日に照らされて銀色に輝く本殿が見えます。その手前の西参道のわきの東屋《あずまや》に見慣れた顔を見つけて、丈二は駆け寄りました。

「正人、わりぃ、わりぃ」

「おはよう、丈二。大丈夫だよ、まだ時間あるから」

幼なじみであり、今も同じ高校に通う立川正人です。正人は、とてもまじめで澄みきった目がとても特徴的です。そうです、古代ローマで丈二がゲオルグとして生きていた時、彼は今回と同様、同郷の幼なじみヨハネスとして登場し、近世ヨーロッパでジョルジュとして生きていた時には、長男のジャンとして登場したソウルメイトでした。

「母ちゃんが起こしてくれなくてさ」

「丈二の家は商売が忙しいんだからしかたないよ。それより、こんなに朝早くから付き合わせちゃって悪いな」

「いいって。さあ、さっさとお参り済ませて行こうぜ」

「ああ、わかった」

二人は本殿に上がると賽銭箱に小銭を放りこみ、鈴を鳴らして手を合わせました。丈二は型通りに手を合わせただけで手短に祈念を済ませてしまったので、やることがなく、たっぷり時間をかけて念入りに拝む正人をニヤニヤしながら眺めていました。

「ずいぶん熱心だな」

やっと顔を挙げた正人に、丈二は冗談めかして言いました。

「それは、そうさ。今日の弁論大会のために半年かけてずっと、準備してきたんだ。だから絶対に失敗したくない」

「それにしても何でここなんだ？　相撲取りが祈願にくる所だぞ」

「何言ってんだ、深川の八幡宮と不動様は有名なパワースポットなんだぞ」

「パワースポットね。まあ、いいや、終わったんだろ？　行こうぜ」

丈二は正人の肩をぽんと叩きました。

二人は社殿を降りて門前仲町の駅に向かって走り出します。

深川八幡は、正式には富岡八幡宮といいます。横浜の富岡八幡宮の分社であり、寛永四年（一六二七年）に長盛法師の神託によって創建されました。横浜の本社と区別して、一般に深川八幡と呼ばれて地域に親しまれています。また隣には東京成田山の深川不動もあります。

深川出身の二人にとっては、子どもの頃からの遊び場であり、通い慣れた場所でした。高校で英会話クラブに通う正人は、半年に一度の英語弁論大会への参加を前に、子どもの頃から自分たちを守ってくれたこの八幡宮と不動様で成功祈願をしたかったのです。

丈二たちが深川八幡などで弁論大会の成功祈願をしているちょうど同じ頃、目黒の安奈は、やはり英語弁論大会への出席を前にして、地元の目黒不動に立ち寄っていました。

仁王門のあたりで高校の英語クラブの友人二人を待っています。同級生の秋川里沙、すごくかわいい女性で年齢の割にはちょっと妖艶《ようえん》な感じがしているとともにツンとした鼻が特徴的です。次に、クラブの部長で先輩の山口アイ、日本人形的なきれいな顔をしているとともに正直さがにじみ出てくるようなキリッとした唇が特徴的です。

そして、この二人と落ち合い三人並んで女坂の方ではなく男坂のほうの急な階段を上って早めにたどりつくと、やがて目黒不動の本殿が出迎えます。

この天台宗第三代座主の円仁が創建した目黒不動は、正式には瀧泉寺といいます。関東最古にして最大級の不動場であり長い歴史の中でたびたび増改築されてきた仏堂や仏像の数々が今にその隆盛を伝えています。やはり、都内、いや日本でも屈指のパワースポットです。

弁論大会に向けて半年かけて準備を進め、いざ本番を前にしたこの時、誰からともなく「不動尊で成功祈願をしよう」ということになったのです。

「ああ、緊張してきたぁ」

高ぶる気持ちを抑えようと、里沙は大げさにおどけてみせました。

古代ローマで安奈がアンネとして生きていた時には母親のルナとして登場し、近世パリで安奈がアンヌとして生きた時には、夫ジョルジュの浮気相手を装って謀略をしかけたカトリーヌとして登場したソウルメイトなのです。

「大丈夫よ、里沙。今までやってきたことに自信を持って！」

先輩で英会話クラブ部長の山口アイが、里沙を励まします。

古代ローマではアンネの長男クラックスとして登場し、近世パリでは地方出身のアンヌがパリで身を寄せたサロンの女性主人エレーヌとして登場したソウルメイトでした。

今回、同じ高校に通う仲良しとなったのは、もちろん偶然ではありません。それぞれの使命を助け合う同士として出会うべくして出会い、当然のように友情を育んだのです。

そして今ソウルメイトのうちの一人、安奈の今生の使命にかかわる重大なターニングポイントを向かえたこの時、それを支えるために二人は今日、行動をともにする運命にあったのでした。

それはもちろん、ツインソウルである五十嵐丈二にとっても同じことなのです。

なぜ今日なのか、なぜ英語弁論大会なのか、なぜこのメンバーなのか、そこには必ず理由があり、偶然ではなくあらかじめ描かれたシナリオ通りに運命は仕組まれています。しかし、その運命の到来をどう受け取り、何を選択するかで結果は違ったものになるのです。

安奈と丈二は、過去世で何度も運命に導かれて出会い、愛を育みました。けれども同時にそれは、二人を待ち受ける試練の始まりでもあったのです。

そして現代で再び生を受けたツインソウルの二人に、今度もその運命の時は着々と近づきつつありました。

深川八幡宮および不動様で弁論大会の成功祈願をした丈二たちが、門前仲町から地下鉄を乗り継いで代々木公園に到着したのは午前九時。開演まで、まだ充分に時間はありましたが、二人は会場となっている代々木オリンピック記念ホールに急ぎました。

「早く、正人。いい席を確保しなくちゃ」

「わかってる。わかってるけど、ちょっと待ってくれ。丈二、速すぎ」

バスケットボール部で鍛えた丈二の脚力に、正人はついていくだけでやっとでした。

会場が近づくと、同じ弁論大会に出席する学生やその関係者が詰めかけ、人の波ができていました。丈二は軽い足取りでその波をかき分けて進み、その後を正人がやや遅れぎみに追いかけます。すると、先を行く丈二がふと何かに気を取られて立ち止まったのです。唐突だったので、あとからきた正人が止まりきれず、丈二に激突してしまいました。

それでも丈二はぼうっとして動きません。

「痛っ。丈二、なんだよ、急に……」

言いかけて、正人はピンときました。

魂が抜けたようにぼうっと丈二が見つめる視線の先には、女子高生三人組が歩いていました。確かに、まわりにいる学生たちに比べてあか抜けていて、パッと目を引きます。

合点がいった正人でしたが、そのまま立ち止まっているわけにもいきません。

相変わらず呆《ほう》けている丈二の脇を肘《ひじ》で突きながら言いました。

「おい、どうすんだ。行くのか、行かないのか？」

「えっ、ああ、悪い悪い。行こうか」

やっと我に返ったようですが、丈二はまだ心ここにあらずという感じで、相変わらず女子高生の三人組を目で追っています。

「さあ、行こうぜ」

今度は正人が、丈二の袖をひっぱるようにして会場に連れていきました。

会場に入ってからも丈二は気もそぞろで、もはや弁論大会どころではありません。

「あの子はいったい、どういう子だろう」

そのことばかり気になってしかたがありません。同じ会場に入ったところまでは見たので、この会場のどこかにいるはずと思ってきょろきょろ見回していました。

そんな調子だったので、正人の順番がきて壇上でスピーチを始めても、いっこうに集中できなかったのです。


「なあ、どうだった！」

緊張の舞台を終えてプレッシャーから解放され、ややテンションが上がり気味の正人は、席に戻ってくるなり丈二に尋ねました。

「ああ、うん、よかったよ、よかった」

「よかった？　どのあたりが？」

明らかに集中力を欠いている様子の丈二に、正人は少し意地悪をしてみました。

「どのあたりって、あれだよ、全部よかったよ」

「おいおい、丈二、お前、ちゃんと聞いてたのか？」

「当たり前だよ、ずっとここにいて聞いてたさ」

「ずっといたのは知っている。でも、ちゃんと耳に入ってなかったろ」

「そんなことはない」

「会場に入る前にすれ違った女子高生三人組のことを考えてたんじゃないのか」

「えっ！」

丈二は心の中を見透かされたことに驚いて、二の句が継げなかったようです。

けれども正人にしてみれば、あまりにもわかりやすい態度でした。

「何のためにお前を誘ったと思ってんだよ。お前なら、英語のリスニングがちゃんとできると思ったからだろう」

優等生の正人と比べて、部活に遊びにといろいろ手を出していた丈二の成績は今一つ伸び悩んでいました。そうした中でも外国語・英語だけは天賦の才があるようで、学年でもトップクラスの実力を見込んで、正人は英語弁論大会の付き添いを頼んだのでした。

正人や丈二が語学に対する才能を発揮し、外国の文化に興味を持つようになったのは、過去世でフランスやイタリアで過ごしたことと無関係ではありません。

「いや、あの、そういうわけじゃないいんだけど」

「ああ、もういいよ、しょうがねえな」

その時ちょうど、例の三人組の一人が壇上に上がりました。

私立名門校として有名な高校生らしいことがわかりました。

けれども丈二のがっかりした様子を見ると、どうやら壇上の女性は三人のうち、目当ての子ではないようです。結局、三人組で壇上に上がったのは一人のみで、すべてのスピーチが終わり、残すは成績発表だけとなりました。


「残念だったな。また半年後に頑張ればいいさ」

あいにく正人は選ばれず、全国大会出場はなりませんでした。

丈二がなぐさめると、意外とけろっとした様子の正人が言います。

「今日はありがとな。で、どうする？」

「ああ、そうだな、飯でも食って帰るか」

「そうじゃない、気になるんだろう、あの子たち。どうだ、あの女子高生三人組をお茶にでも誘ってみるかって聞いているんだ」

正人が指さす先を見ると、例の三人組もロビーに来ていました。

「いやあ、それはちょっと……」

とまどっている間に、三人はさっさと歩いて行ってしまいます。

もどかしそうに、その姿を目で追う丈二を正人は意地悪くからかいました。

「どうした、声かけないと行っちゃうぞ」

「そんなこと言われてても。ああ、こんなとき明がいればな」

結局、丈二は声をかけられず、三人の姿は見えなくなってしまいました。

帰りの電車で落胆している様子の丈二。


一瞬、すれ違っただけの出会いでした。まだ素性も知らず、言葉すら交わしていない相手。でも丈二は、どうしてだか無性に気になりました。振り払おうとしても、頭からぜんぜん離れていかないのです。

彼自身「なぜ自分は、素性も知らない、すれ違っただけの子が、こんなにも気になるのだろう」と不思議でなりませんでした。

もしここで事態が進展しなければ、丈二と安奈の二人はただすれ違っただけの関係で、お互い見ず知らずの他人のまま一生を過ごしたことでしょう。けれども、ここで、運命の歯車がコトリと音を立てて回り始めたのです。

丈二のただならぬ様子が、正人を動かしました。

「そんなに落ち込むなよ、丈二。今日は落ち込みたいのは、どっちかっていうと俺だぞ。東京大会で予選落ちなんだから」

「俺は落ち込んでなんかねえよ」

「本当か？」

「当たり前だろう。気にしちゃいないよ、ただ、ちょっとかわいいなと思っただけで」

「へえ〜」

意味ありげな態度を見せる正人。

「何？」

「さっきの子たちだけどな……」

「だからもう、いいって」

気のないふりをしていた丈二でしたが、正人の次の言葉に身を乗り出します。

「心当たりがあるんだけどな」

「本当？」

「ほら、興味あるんだろ？」

丈二は答えませんでしたが、耳まで真っ赤にして黙っています。

正人にはそれで十分伝わりました。

「あの子たち、K高校だったよな」

「ああ、そうみたいだけど」

「K高校って言ったら、ほらわからんかな」

「あっ！　恵美さん！」

「そう、うちの姉ちゃんだ」

「でもよ、同じ高校ったって広いぜ」

「だから、見覚えがあるんだよ」

「あの子たちに？」

「そう確か一度だけ、姉ちゃんと一緒にいるのを見たことがある」

「本当か？」

「お前、これからちょっとうちに寄れ。確か、今日は姉ちゃん家にいたはずだから」

丈二はワクワク・ドキドキする気持ちが抑えられませんでした。


きれいにすっと伸びた白い指がアルバムのページをめくるたびに、丈二はアルバムの中の写真ではなく、その指の主に見とれていました。

「う〜ん、誰かしらね」

その美しい少女は、正人の一歳上の姉で、恵美《めぐみ》といいます。立川恵美はちょっと下町の深川らしくない感じの色白な美人です。そして左目の横にある「泣き黒子《ぼくろ》」が特徴です。

丈二にとっては幼なじみの一人ですが、同時に憧れの対象でもあり、子どもの頃からほのかな恋心を抱いていた相手でした。ただ、それも少女の美しさのせいばかりではなく、過去世での縁が関係していたことを丈二たちは知るよしもありません。

恵美は、古代ローマの時はゲオルグの戦友アルベルトの妻アテナで、近世パリではジョルジュの実兄の最愛の人マリアでした。そして、いずれも後に愛人として晩年をともにした過去を持っていたのです。

人生の手本や目標として追い求めた人物が愛した人を側に置くことで、憧れの人に近づいたつもりになっていたのでした。ですから、その憧れは憧れのままで、恋とは本来、異質のものだったのです。

いま丈二は、昼間、出会った少女に感じた感覚と、恵美に抱いていた感覚の違いを実感し、本当の恋の到来を予感していました。

「あ、彼女かな？」

やがて美しい白い指が、一枚の写真の上で止まりました。丈二と正人が同時にのぞき込みます。

「うん、間違いない」

正人が言います。

「ああ、この人と一緒にいた子だ」

丈二にもそれが誰だかわかりました。確かに、昼間見た女子高生三人組のうちの一人に違いありません。

「姉ちゃん、誰か知ってる？」

「山口さんよ、同じ三年生でクラスは違うけど、よく知っているわ。そうね、確かに英会話クラブの部長もやっていたわね。すごいお嬢さんよ、丈二君」

「でも、その人じゃないんだ。なあ、丈二」

「うん、一緒にいた髪の長い子。たぶん、一年か二年生の」

丈二は、まだ名前も知らぬ安奈の容姿の特徴を伝えました。

「じゃあ、その三人に会えるようにすればいいのね」

「うん、英会話クラブの交流会とか何とか言ってさ」

「お安い御用よ」

「恩に着るよ、姉ちゃん。よかったな、丈二」

「ああ、立川先輩、ありがとうございます」

「丈二君、うまくいくといいわね」


後日、恵美の取り計らいでK高英会話クラブと丈二たちの交流会が実現しました。メンバーは当然のように安奈、アイ、里沙の三人。そして丈二たちは正人と、丈二のバスケ仲間である藤ヶ崎明を加えた三人です。合計六人の合コンみたいな感じです。特にこの明は、スポーツマンタイプであり、人相的に自我および独立心がとても強烈な鷲鼻・段鼻が特徴的なのです。

もちろん交流会は建前で、丈二と安奈を会わせるのが目的です。実際に英会話クラブに所属するのは正人だけで、明にいたっては、語学が得意とさえ言えません。けれども、明は余裕しゃくしゃくです。


「明、英語、大丈夫か？」

正人が心配そうに尋ねます。

「大丈夫だって、任せておけ」

「だってお前、この間の中間の英語何点だったよ」

「アホ、テストと英会話は違うわ。要はフィーリングよ、フィーリング」

「確かにそうだけどさ」

「まあ、まあ、正人、明に任せようぜ。英語はともかく、彼女いない歴十七年の俺たちじゃ、まともに会話にもなんないだろう、その点、明に頼るしかないんだからさ」

「まあ、そういうこと」

この明もまた、ソウルメイトの一人です。古代ローマの時にはベントニウスとして生き、丈二の過去世であるゲオルグ、正人の過去世であるヨハネスの三人で、幼なじみの親友同士でした。特にゲオルグとは、ガリア戦争をともに戦った戦友でもありました。

そして近世パリの時には、丈二の過去世であるジョルジュを陥れる宿敵ベルナールとして登場したのです。この時ジョルジュの宿敵の役割は、正人の過去世のジャンが担うはずでしたが、手違いでこの世に生まれ出るのが遅れたために、その役割をベルナールが負ったものです。

そうして彼らは、過去世の中でそれぞれ無二の親友と敵対する間柄というまったく正反対の役割を交互に繰り返しているのです。もちろん今回は、無二の親友として丈二の使命をサポートするために、今日この場に居合わせることになったのでした。

三人がそんな会話をしながらK高英会話クラブの到着を待っていると、やがて見覚えのある三人が教室を訪ねてきました。K英会話クラブ三年生の山口アイ、同じく一年生の秋川里沙、そして津島安奈です。

「本日は、お招きいただきありがとうございます」

アイがメンバーを紹介し、しっかりした口調で挨拶しました。

すでに丈二は、安奈に見とれてぼうっとしています。

初めて会った時から遠い昔に出会ったような、とても大切で愛おしい思いがしていました。こんな気持ちは初めてでした。それはローマでもパリでもない、遠い昔ムー大陸で出会った時のターアの面影を安奈に見ていたのです。タージとターアがあの日、海の見える丘で永遠の愛を誓ったのは、ちょうど今の丈二、安奈と同じ年頃だったのです。

もちろん、そうとは気づかないながらも、丈二は一目会った瞬間から安奈にくぎづけでした。英語での日常会話のやり取りから始まって、弁論大会での思い出など交流が進む中で、丈二は緊張してなかなか話せないでいました。

それでも正人と明のとりなしで、何とか二人の距離は近づいていったのです。

## 第二節　大学のキャンパスで

曇天の空の下、冬着を着込んだ安奈は足早に校舎をあとにすると、一人で日吉駅に向かって足早に歩き始めました。なぜか浮かない顔をしていたのは、どんよりした天気と寒さのせいだけではありません。

すると、その安奈に後ろから急に声をかけたのは、親友の里沙でした。

「安奈！」

「ああ、里沙、どうしたの、今日は部活じゃないの？」

「ううん。休んだ」

「なんで？」

「あなたと同じ理由よ」

「ああ、そうだったわね。じゃあ、一緒に行こうか」

安奈は、大学受験を控えた丈二と一緒に合格祈願に行く約束になっていました。

それは丈二の親友であり、同じ高校に通う明と付き合うようになっていた里沙にとっても同じことでした。

二人は連れ立って歩き始めます。日吉駅で日比谷線の直通電車に乗ると、やっぱり表情がさえない安奈が里沙には気がかりでした。

「どうしたの？　五十嵐さんと何かあった？」

「別に、何もないよ」

「そんなことないでしょう。それとも、私には話したくない？」

安奈はまわりの乗客の様子を気にして、二人の話し声が周囲には聞こえそうもないとわかると何かを決心したように話し始めました。

「何だか丈二君と一緒にいると、胸が苦しいの」

「だって安奈、『運命の人だ』なんて言ってたじゃない」

「うん、それはそうなの。丈二君のことは好きよ、とても。でも、だからこそ、もし彼が私のことを嫌いになったらどうしようとか、嫌なことばかり考えちゃって」

「気にしすぎじゃない？」

「自分でも自分の気持ちがわからない。好きな人ができたら、毎日一緒にいるだけで楽しいんだろうなと思っていたら、そうじゃなくて苦しいの。何でだろう」

安奈は自分の気持ちがうまくコントロールできないでいました。

丈二を思う気持ちは強いのです。その半面で、彼が自分から離れていってしまった時の辛さを思い煩い、会うたびに苦しくなりました。こんな気持ちなら、いっそ別れてしまったほうが楽になるのではないかとさえ思えたのです。


もちろん、それまでの過去世での出来事と無縁ではありません。過去世で二人はいつも深く愛し合っていましたが、常に安奈が裏切られる役回りを演じていたことが影響していました。これは用意された愛の試練であり、魂の修行のためなのですが、安奈には、「ひどい裏切りにあった」というマイナスの感情が残っているのです。

しかし、この時の安奈には、過去世が影響していることなど気づくすべもありません。自分でもどういう感情なのか、よくわかっていませんでしたが、丈二に惹かれながらも本能的に警戒心を抱き、素直に受け入れられなくなっていたのです。


それから数か月後、寒い冬が終わりを告げ、日差しがぽかぽかと暖かさを取り戻した頃のことです。受験も終わり、卒業を間近に控えていた丈二たち三年生が久しぶりに登校した日、帰宅しようと最寄り駅に向かうと、そこには里沙が待っていました。

「あれ、里沙ちゃん。こんな所でどうしたの？」

「ああ五十嵐さん、明君を待っているんだけど一緒じゃなかったの？」

「あいつなら里沙ちゃんと待ち合わせだって、渋谷に向かったよ」

「なに、あいつ、待ち合わせ場所まちがえてんのよ」

ちょうど携帯電話が爆発的に普及し始めていましたが、自分の携帯を持っている中高生はまだ少数派でポケベルが主な通信手段だったため、待ち合わせの行き違いは珍しいことではありませんでした。

「なに、じゃあ追っかけて渋谷に行く？」

「うん、しょうがないし」

「じゃあ、ついでだから一緒に行こうか、俺も渋谷に用あるし」

「いいよ」

二人は連れ立って、一緒に歩き出しました。

「ところで五十嵐さん、結局、大学はどうするの？　安奈がK大には受かったはずだって言ってたけど」

「もう一度だけ、T大に挑戦してみることにしたよ」

「でも、K大でもいいじゃない。来年になったら私も安奈も進学するし、そうしたら今度はみんな一緒に通えるよ。明のバカタレはだめだったけど」

「うん。でもここまでやってきたからね。親も一年だけは浪人を許してくれたし」

（ここで母親峰子・アリエールの見えない運命のコントロールがきいているのです）。

「ふ〜ん、そっか。五十嵐さんはT大出て官僚になるのね」

「いや、公務員なんて柄じゃないよ」

「じゃあ、何を目指しているんですか？」

「そうね、まあ漠然とではあるけど、とりあえず合格しないことには話にならんし」

たまたま、ほんのちょっとした運命のいたずらで行動をともにすることになった二人。行き先が同じだったから、ほんの数十分間、一緒にいただけに過ぎません。そんな些細《ささい》な出来事が、人生を大きく変えてしまうきっかけになることもあるのです。

これもやはり、仕組まれていた筋書きでした。明が待ち合わせ場所を間違えたのも、丈二と里沙の二人がばったり出会い、何気なく行動をともにすることになったのも、あらかじめ決まっていたのです。すべては、ある偶然を引き起こすためでした。

渋谷に着いた丈二と里沙でしたが、やがてポケベルを通して難なく明と連絡が取れたため、駅前で落ち合うことになりました。その間五分ほど、丈二も里沙と一緒に明の到着を待つことにしたのです。丈二がそこに留まる理由はありませんでしたが、五分もすれば親友の明が来るのに、その到着を待たずにさっさと自分だけ目的地に向かう理由も特にありません。「一言だけ、声をかけてから行こう」というのは自然な行動でした。

ただ、それだけのことだったのです。

その時でした。

「ちょっと、あなたたち、どういうこと！」

予期せぬ出来事が起こったのです。

丈二と里沙が待つ渋谷駅前に現れたのは、明ではなく安奈でした。

おとなしく可憐な安奈には珍しく、怒りをあらわにした形相で二人をにらみ、仁王立ちしていたのです。

「安奈?」

一瞬、何が起こったのか、丈二には理解できませんでした。

無理もありません。仮に二人が浮気をしていたなら、後ろめたい気持ちもあったでしょう。けれども、たまたま一緒にいただけなので、まったく不意を突かれたのです。

安奈がなぜそこにいるのか、なぜ怒っているのか、丈二は事態がのみ込めず軽いパニックになって思考が停止し、言葉も出なかったのです。

先に、我に返ったのは里沙でした。

「ちょっと、安奈?　どうしたの」

「もういい！」

安奈はそれだけ言い残すと、駅に向かって去っていったのです。

何がどうなったのか混乱していた丈二ですが、里沙に背中を押されてとにかく安奈を追いかけました。渋谷の雑踏の中にかき消えそうになる安奈の姿を見つけて、何とか追いすがったのです。

「おい安奈、いったいどうしたんだ。ちょっと、いいから待て」

しかし、ごったがえす人の波にどうすることもできません。

やがて安奈は改札を抜けると、そのままホームへ消えていきました。定期を持っていない丈二は、それ以上追いかけることを諦めました。呆然とする丈二。慌てるでもなく怒るでもなく、いったい何が起こったのか事態がのみ込めず、まだ混乱していたのです。

ただ安奈が自分と里沙の姿を見て、何か勘違いしたことは何となくわかりました。自分には、何のやましいところもありません。たまたまバッタリ会って、目的地が同じだったので一緒にいただけでした。里沙も明もそのことは知っています。誤解は、すぐ解けるだろうとたかをくっていました。

けれども、丈二はことの本質を理解していませんでした。丈二だけでなく、安奈本人でさえ、自分に起こったことを正確に理解していたわけではありません。それは安奈の記憶には残っていない、遠い昔の過去世での出来事に原因があったからなのです。

近世パリで安奈がアンヌとして暮らしていた頃、夫ジョルジュの浮気相手で、家業を破産に追い込む謀略をしかけたカトリーヌこそ、里沙の過去世でした。

古代ローマの時に里沙はルナとして登場し、やはり夫ゲオルグの浮気相手だったのです。いずれの過去世でも自分を裏切った二人が、一緒にいる。その光景を見た時に、安奈はいいようのない怒りに捉われたのでした。

自分でも変だとわかっています。二人は一緒にいただけ。それだけで裏切りを疑う道理はありません。けれども浮気をしていたかどうかは、安奈にとって重要ではありませんでした。いつか丈二に裏切られ、自分は捨てられるかもしれない。その不安や焦燥からくる苦しみが、二人の姿を見た時、頂点に達したのでした。

それがための、「もういい」だったのです。

夜になって、丈二の自宅に明から電話がかかってきました。

「丈二、安奈ちゃんとはどうなった。連絡取れたか？　里沙が心配していたんだけど」

「いや。家に電話したけど、出てくれない。ポケベルも無反応だよ」

「里沙が電話しても出ないらしいんだ」

「そうか」

「何か大変なことになっちゃって、里沙も責任感じてんだよ……」

「……とにかく一度、呼び出してさ……」

丈二は意外に冷静でした。

事態を直接見ていない明のほうが動揺しているくらいです。

「いや、いいよ、もう。いろいろ悪いな、痴話げんかに巻き込んじゃって」

「いいってどういうことだよ」

「俺、ちょっと考えたんだ。正直、ここんとこ俺たちうまくいってなかったし」

「でも、単なる誤解なんだろう？」

「そうだけど、これまで一年間付き合ってきて、彼女のことはわかっているつもりだ。単に誤解して怒っているわけじゃなくて、いろいろ限界だったんだろう」

「それにしても、まず冷静になって話し合ってだな」

「いい機会かもしれない。T大の受験を失敗したのだって、恋愛にうつつを抜かしてたからじゃないかって」

「それとこれとは……」

「いや俺は、これから一年間、受験にすべてをかけるよ。なんたって受験生だからな。それが正しい姿だったんだ」

「でも、お前、こんなんで終わっちゃっていいのか？」

「終わりにする気はないさ。俺は彼女のことを好きだし、何の不満もない。いったい彼女の中で何があったのかわからない以上、俺は待つしかないしな」

「まあ、そうかもしれないが」

「それで、今ちょうど彼女宛ての手紙を書いている。俺の気持ちを伝えて、あとは彼女がどう判断するかだ。お前や里沙ちゃんが、もうこれ以上気をもむことはないんだ」

明は何か釈然としないながらも、当事者ではない自分にはどうすることもできません。

丈二に諭されて矛を収めるしかありませんでした。

その夜、丈二は安奈に手紙を書きました。

〝これから一年間、自分は受験に専念する。安奈を好きな気持ちに変わりはないが、受験が終わるまで僕らは会わないほうがよい気がする。そうして一年後、もし二人の気持ちが変わらなければ、また一から始めよう〟

そうしたためて、手紙を送りました。

数日後、手紙を受け取った安奈は便箋を胸に抱きながら涙を流しました。

「こんなに好きなのに、どうして……」

安奈は、自分でも自分の気持ちがわからなくなりました。

自分が彼を傷つけてしまったことを激しく後悔したのです。

本当は一緒にいたいのに、彼のことを信じているって伝えてあげたいのに、どうしても自分で自分の気持ちが整理できません。

こんな状態で彼に会うと、また彼を傷つけてしまうかもしれない。そうして自分もまた傷ついて、自分が自分でいられないような気がしていました。

だから、愛するがゆえにもう彼とは会えない、会ってはいけない。

実際、別れを決めると、やはり辛いものがありました。それは、想像以上でした。まるで身を引き裂かれるような苦しみに、安奈は身もだえしていたのです。

　やがて季節がめぐり、再び春を迎える頃になると、丈二と安奈も少し成長していました。

　丈二は一年間の浪人生活を経て、再びT大受験に挑戦したものの、あえなく挫折。K大学への進学を決意します。このことで、奇しくも付属高校から進学した安奈たちと同期となり、キャンパスで二人は一年ぶりの再会を果たしたのです。

「久しぶりだね、元気にしていたかい？」

「ええ、あなたは少し痩せたみたいだけど」

「ああ、バスケをやめたからね。ここんとこ運動不足でさ」

「あんなに打ちこんでいたのに」

「まあ受験というのもあったけど、バスケは高校までって決めてたんだ。ここでは、また違う趣味を探すよ」

「それはそうと、立川先輩の弟の正人さんも結局、うちの大学に来たんでしょ」

「ああ、あいつは医学部だけどな」

「こっちには里沙もいるし、皆そろったから、かえってよかったんじゃない」

「まあ、たいくつすることはなさそうだ」

「そうね……」

「そうだな……」

　なんとなく気まずい沈黙が流れました。その空気が居心地悪かった丈二は「それじゃあ、また」と言い残すと、小走りに駆け出していきました。久しぶりにしては冷静でいられたことは、丈二にとっても意外でした。付き合っていた高校生の頃のほうが、むしろ会うたびにドキドキしていたような気がします。

一年前、別れの手紙には「一年たって、二人の気持ちが変わらなかったら、また一から始めよう」と書きました。

その時は時間が解決すると思っていましたが、時間はすべてを変えてしまったのです。一年たって、自分は少し大人になった。彼女を好きな気持ちは変わらない。けれども、運命の女性ではないかとさえ思ったあの頃とは違いました。何より、彼女の横に別の男性がいたことで「ああ、もう自分とは本当に終わったのだ」と振りきることができたのです。

自分でも、もう少し未練が残るかと思ったら、意外にさっぱりしたものでした。今はただ、彼女が幸せならそれでいい。自分は自分の生きる道を探そうと、前向きに思える自分がいました。


ところが安奈にとってはこの一年間、悲しみにくれていた年でした。

里沙には心から謝り誤解だったことを伝え、再び親友としてやり直すことができましたが、丈二とはどうしてもやり直せなかったのです。

冷静に考えれば、丈二には何の落ち度もありません。すべて自分が悪い。取り返しのつかないことをしてしまったと、安奈は後悔の念に駆られていました。あんなに打ちこんでいた英語クラブの活動にもすっかり興味をなくし、学校へ行く以外は家に引きこもることが多くなったのです。

一人の趣味に没頭し、ひらすら絵を描き詩を読み、料理を作ったりして気を紛らわせました。自分はもう二度と恋などできないし、したくもない。もう誰かを好きになることなどできないのではないかと感じていました。

　丈二以外の人を好きになることを、無意識に避けていたのかもしれません。大学に進学した時、人づてに丈二も同じ大学に来るらしいとわかりました。もし再会したら、自分は気持ちを抑えられない。また、あの人に気持ちが傾いてしまう。

　そうしたら自分も傷つくし、あの人も傷つけてしまう。悩んだ末に安奈は、友人の紹介で知り合った同級生と付き合うことにしました。他に好きな人ができれば、丈二への気持ちを抑えられると思ったからです。

　けれどもキャンパスで再会した時、予想もしていなかった変化が起きました。足は震え動悸《どうき》が激しくなり、平静を装うのに必死だったのです。「ああ、自分はまだ彼のことが好きなのだ」と、わかった時には遅すぎました。

　彼のすっきりした晴れやかな笑顔を見た時、もう自分たちは戻れないことを悟ったのです。彼の心に、未練はもう残っていない。そう仕向けたのは誰でもない、この自分でした。この瞬間に安奈は、自分にとって生涯でもっとも大切な恋を失ってしまったことに気づいたのです。

　去っていく彼の後ろ姿を見送りながら、安奈は、あふれ出す涙を隣にいる男友達に悟られないよう指でそっとぬぐいました。

　キャンパスで安奈との一年ぶりの再会を果たした丈二は、その足で学内にある研究棟に向かっていました。ある人物に会うためです。

高層階の研究棟のエレベーターを上がり、個室が並んでいる廊下を進むと、その最奥に目的地がありました。「榊原研究室」と書かれているドアをたたくと、この研究室の主、榊原亮が丈二を迎えました。亮はなんだか意志力がとても強そうな眉の太さが印象的な青年教授です。

榊原亮は、日本ではまだ数少ない金融工学の分野で頭角を現し、若くしてK大教授に上りつめた気鋭の研究者です。

そして実は、古代ローマではカエサル直属のゲルマン騎兵隊の隊長として、ゲオルグの尊敬する最強の武将として登場し、近世パリでは、ジョルジュが尊敬してやまない実兄でもあった丈二のソウルメイトでした。

今回の人生でも、丈二の手本として彼を導くマスター的な存在として現れたのです。

「おお、お前か」

「お仕事中に失礼します、榊原先生、ちょっとよろしいですか？」

「ああ、かまわんよ」

亮は、足の踏み場もないほど書物や書類が散乱する研究室に丈二を招き入れました。

「昨日は、榊原先生に『五十嵐、お前がT大受験に失敗したのは目的がないからだ』と言われましたよね」

「ああ、頑張ればいけそうだから第一志望にしてみた、なんて気持ちじゃ受験は成功しない。運よく受かっても、結局ろくなもんにならん。それなら大学など行かずに、さっさと社会に出て自分のやるべきことを見つけたほうがまだいい」

「自分なりに考えてみたのですが、正直、僕にはまだ何ができるか、何をやりたいか、さっぱりわからないんです」

「何もお利口な理想を考えることはないんだぞ。特に若いうちは、いい車に乗りたいとか、いい女を抱きたいとか、そういういろいろな欲望をバネに頑張ることだって決して悪いことじゃないんだ」

「もちろん僕にも人並みに欲しいものはありますが、何かそういうものにあんまり魅力を感じないんです。いい車を欲しいとは思うけれど、乗っているところを想像しても何かつまらないような……」

「それは遠すぎるんだな、見ているところが」

「遠すぎる？」

「ああ、世の中の役に立つとか、そういうことを考えちまうのはわかる。でも学生のお前は、しょせん大したことはできないと思っている」

「その通りです。何かしたいけど何をしていいのか、卒業する頃には何かをできるような自分になっていたいですけど」

「そうじゃない。そのままでいいんだ。お前にできることはたくさんある」

「僕にですか」

「そうだ。しょせん学生のお前が、社会とか世の中とか見てしまうからいけない。まわりを見回してみろ」

「まわり？」

「お前の助けを求めている人がいっぱいいる。親、兄弟、友だち、通りすがりのおじいさん、おばあさん。そういう人たちの力になるんだよ」

「でもまわりの人たちの力になることと、大学受験にどんなつながりがあるんです？」

「目的と手段の違いだ。父親の助けになるために、経営している店を何とか盛り上げてやりたい。そのためには経営力をつけないと、だったらT大の経済学部に行くのが一番いい。そうやっていたら行けたかもな。目的が先にならんと」

「そういうことですか」

「ああ、だからまず自分の身のまわりを見回して、何かできることはないかを考えろ。その先にしか本当の自分はないんだぞ」

「わかりました、やってみます」

丈二は明るい表情で榊原ゼミを後にしました。

後に二回生になると丈二は榊原ゼミに参加し、亮から金融工学を学びます。以後、丈二にとって亮は指導教官である以上に、人生の師となったのです。

## 第三節　仕事・使命？…そして「生かされている」

丈二や安奈が大学に入学してから丸三年が過ぎ、そろそろ就職活動で忙しくなるころ、久しぶりに丈二、正人、明の三人が顔を合わせたのです。

　正人とは同じ大学に通っていますが、所属学部が違うためキャンパスが離れており、実際に学内で会うことはまれでした。明は、丈二たちとは違う市ヶ谷のH大学に進学したので、このところ疎遠になっていたのです。そんな折、正人が急に「三人で飲み会をしよう」と持ちかけました。

　丈二にしてみれば、就活の単なる情報交換ぐらいに思っていたのです。ところが会って早々、明が「大学を辞める」と言い出したことから、話は思わぬ方向に展開することになりました。

「大学辞めるって、辞めてどうすんだ」

「飲食店をやるんだ。今バイトしている所のオーナーが、遊んでいるテナントを居抜きで安く貸してくれるってさ」

「お前そんな簡単に言うけど資金もないし、バイト経験だけで経営なんてできんのか」

「まあ、やってみるさ」

「せめて大学を卒業するまで待ったらどうだ」

「その頃には、テナントに誰かが入居しちゃうかもしれない。あんな条件のいい所が空いてるなんて、こんなチャンスめったにないんだ。ぐずぐずしてらんないよ」

「いや、でもお前……」

「丈二、お前が心配するこっちゃないだろう。それより、お前はどうなんだ」

「俺？　俺はとりあえず金融関係を狙ってるけど、まだよくわかんないよ。それにまだ就活なんて実感ないしな」

「またそれか？」

「またって、なんだよ」

丈二は明の言い草に、むきになりました。

「お前は昔から、どうも焦点が定まらないところがある。なあ、正人」

「う〜ん、確かに決断力はちょっと弱いかな〜」

「おい正人、お前までなんだよ」

「だって高校の時も陸上だ、卓球だって、いろいろ他の部活に手を出してたじゃないか。お前ほどの力があれば、一年からバスケやってたら確実にレギュラーだったのに」

「お前、そう言うけどな、明……」

「受験の時も結局、T大に絞りきれなくてスタートが遅れたのが響いたよな」

「だから正人まで何だよ」

「とにかくだ丈二、お前は自分のやりたいことをまず決めるのが先決だ。それから就職先を選ばないとな」

「正人、お前はいいさ、医者で決まりだからな」

「俺は違う。親がやっているからじゃない。自分の意志で決めたんだ」

ふてくされる丈二ですが、二人の親友が言うことも、もっともだったのです。

丈二は指導教官で、人生の師でもある亮と出会った時のことを思い出していました。

新人歓迎会のオリエンテーションで出会った時、「お前がT大受験に失敗したのは、目的がないからだ」と言われたのです。それから三年が経ち就職活動の段になって、自分はまた同じ問題で悩んでいる。丈二はまったく成長していない我が身を振り返りました。

久しぶりにK大学のキャンパスに顔を出した丈二は、里沙とばったり再会しました。

「明がH大学を辞めるって聞いたんだけど」

「ああ、もう辞めたみたいよ」

「もう？」

丈二がその話を本人から聞いたのは、まだ数日前のことでした。

「あの人は決めたらソッコーだから。単純なのよ」

「それで、本当に居酒屋やるって？」

「ええ、そうみたい」

「心配じゃないのか？」

恋人である明の一大事というのに、実にあっけらかんとした里沙の様子が、丈二には少し奇異に映りました。

「あの人ならうまくやるんじゃない。そんな気がする。あんまり勉強はできないけど接客は慣れているし、人を使うのも上手だしね。大学で気乗りしない勉強しているより、さっさと独立して正解だと思うのよ」

「ふーん、信じてるんだな」

「若いんだし、やれるだけやってみるのもいいんじゃない。それに心強い援軍もいるし」

「援軍？」

「丈二さん覚えてるかな、山口さん」

「ああ、高校の時の英会話クラブの部長さん」

「そうそう、その山口先輩が今、食品メーカーにいるんだけど、外食の担当になっていて、明の店を応援してくれることになって」

「へえ、話はそこまで進んでいるんだ」

「うん、本気みたい」

「里沙も手伝うなんて言うんじゃないだろうな？」

「まさか。私は旅行代理店だから」

「もう決まったのか？」

「まだよ。でも、ここだけの話、インターン先の上司は『大丈夫だ』って言ってくれているけど」

「そうか、明は独立開業して、沙里は旅行代理店、立川姉弟は医者だろ。みんなどんどん先に行っちゃうな」


丈二は何だかさびしくなりました。自分一人だけ、置いてきぼりを食らっているような気分だったのです。

「丈二さんだって金融、狙っているんでしょ」

「それだって榊原先生が勧めてくれるからってだけで、まだ全然決まってないし、本当に俺にできるのかどうか」

「そう、あの子と一緒ね」

「あの子？」

「安奈よ」

「彼女もまだ決まってないのか？　親父さんの会社があるじゃないか」

「それが嫌だから悩んでいるみたい」

「へえ」

「相談に乗ってあげてくれない？」

「俺が？　安奈の？　自分の進路だって決まってないのに」

「気にならない？」

「別に。付き合ってたのだって、もう何年も前の話だよ。それに、彼氏がいるだろう」

「今はもう別れちゃったみたい」

「そうなのか」

「私はもう何年も彼女に付き合っているからわかるの。あの子、今でもあなたのことが忘れられないみたい」

丈二はその言葉に、しばらく黙っているしかありません。

「だとしても、もう終わったことだ。彼女と俺の人生が交わることは、もうないよ」

気にならないと言えば、嘘になります。別れてからすでに数年が経つのに、丈二にとって今も安奈が特別な存在であることに変わりはありません。きっと生涯、この気持ちは変わらないでしょう。けれども、青春の思い出として大切にしまっておきたいだけなのに、なぜか自分の人生にことあるごとに関わってくる安奈の存在が、少しうとましく思えるようになっていたのです。近づけば近づくほど、一度はふっ切れたという思いが再燃するかもしれない。丈二は、そう感じていました。だからこそ、安奈とは距離を保っておきたかったのです。

それでもやはり、その後も丈二と安奈は、何度も相まみえることになります。まるで二人が離ればなれになるのを許さない、何かの意志が働いているかのように。

日差しがまぶしい初夏になりました。都内のホテルで懐かしい顔ぶれが久しぶりにそろったのは、丈二たちが大学を卒業してから数年たった頃でした。

「しかし、急転直下だったたな」

「ああ、あの恵美さんがね。俺たちのマドンナが、とうとう手の届かないところに行ってしまった」

「そうそう覚えてるか、明、中学校の頃、正人のうちに遊びに行った時、脱衣所で恵美さんの靴下を見つけて」

「ああ覚えてる、覚えてる。お前が黙ってポケットに入れたのを、正人が怒って」

「バカ、俺じゃねえよ、くすねようとしたのお前だろう」

「違うって、丈二だって」

着なれない礼服に身を包んだ丈二と明が、テーブルにつき、たばこをくゆらしながら、昔話に花を咲かせていました。たばこが苦手な正人は、少し離れて二人の話に参加しています。

「明だよ」

「あん？」

「だから、あの時、姉ちゃんの靴下をくすねようとしたの丈二じゃなくて明、お前だよ」

「ええ！　そうだったか」

「な、だから言ったじゃないか。お前、都合の悪いことは全部、俺のせいにしやがって」

この日は、丈二の大学時代の恩師である榊原亮と、正人の姉、恵美の結婚式が行われていました。恵美も同じ大学の出身ですが、経済学部の榊原とは学部が異なるため、在学時に接点があったわけではありません。それが丈二、正人をつなぐ縁によって出会うと、たちまち意気投合。それから、わずか数か月で結婚までこぎつけたのです。

そんな急転直下の素早いゴールインに、過去世での出来事が関係しているのは言うまでもありません。亮と恵美は、近世パリではアントニオとマリアとして、また古代ローマではアルベルトとアテナとしてともに深く愛し合いながら、早すぎる死が二人を別ち、添い遂げることができなかったのです。

そのため今回は、結婚して家庭を築くことが人生の大きな目的でした。現代社会の人々から見れば、出会ってすぐに結婚するというのは、いかにも拙速で熱しやすく燃えつきやすいのではないかと心配します。けれども実は、過去世からすると悠久の時を超えて念願をかなえるという強い愛の力で結ばれているのです。したがって終生、お互いを愛し、決して離れることはありません。

丈二たちが談笑していると、そこに、さらに懐かしい顔ぶれがそろいました。

高校時代に知り合って、大学ではともに学んだ里沙に山口アイ、そして、安奈です。

結婚式が始まるまでみんな、一緒のテーブルにつき、思い出話やそれぞれの近況報告について花を咲かせました。

「明君、お店もう五店目だって。やるじゃない、青年実業家ね」

愛の言葉に、明は照れて言い返しました。

「実業家なんてほど遠いですよ。山口さんに手伝ってもらっていた時からまだ全然変わってなくて、俺、いまだに店に出て給仕とか皿洗いやっているんですよ」

「山口さんこそ、今度は独立するっていうじゃないですか」

「あれ、そうなんですか先輩」

高校時代から部活の後輩で、もっとも付き合いの長い里沙でも知らなかったようです。

「言ってなかったたっけかな？　今度、マクロビオティックの料理教室とレストランをやることにしたのよ」

「マイクロ？」

「マ・ク・ロ・ビオティック。食事療法の一種。実は津島さんにも手伝ってもらうのよ」

「安奈、何よ、そんな話聞いてないい」

安奈は突然、振られてとまどっていました。

「え？　いや？　その、まだ決めたわけではないんだけど」

「お父さんのところから独立したいって言ってたじゃない」

「でもアイさんのお手伝いが私に務まるかどうか」

「案ずるより産むがやすしよ。なんなら里沙も来る？」

「私はだめですよ、今度、海外勤務になるので」

「え？　ほんと？　どこどこ！」

「なんと、フランス～」

「念願がかなったじゃない。やった、おめでとう！」

里沙は語学力を生かして卒業後は旅行代理店の道に進み、さらにフランス語を習得してヨーロッパでの勤務を希望していたのです。

「正人くんは、来月から勤務医よね」

「ええ、やっとですよ。これで研修医生活とおさらばできます」

「もう〝小説家になる〟なんて言い出さないわよね」

「いいえ、二足のわらじを目指しますよ。海堂尊先生とか、木々高太郎先生とか、医者と小説家を両立させている先人がいっぱいいますからね」

「へえ、で、丈二君は」

皆の話をニコニコ笑って聞いていた丈二は、ふいをつかれてとまどいました。

「ん……俺？」

「そう、どう？　最近」

それまで何となく目を合わせなかった安奈も、じっと丈二を見つめています。

「どうって、俺は別に」

「お前、榊原先生に誘われていたじゃないか。どうするんだ？」

「明君、それ何の話？」

「先生が今度、自分の考案した金融システムを証券会社や機関投資家に販売する業務を立ち上げるんで、丈二に声をかけているんだって。やるんだろう？」

「いや、なんとも」

「丈二お前、本当に相変わらずだな。煮えきらないというか、何がしたいのか、いい加減に決めたらどうだ？」

「大きなお世話だ、だいたい、お前……」

その時、披露宴のスタートの時間が迫っているというアナウンスが流れ、それぞれ自分たちの席に戻るために、仲間たちは移動していきました。

自分のやるべきことを見つけて、たくましく道を切り開いていく仲間たちが丈二にはまぶしく見えてしかたありませんでした。自分自身、証券会社に入社して数年それなりの経験を積んだものの、それでもまだ自分のやるべきことが何なのかわからず、中途半端な気持ちを抱えていたのです。

榊原亮が都内のとある雑居ビルのオフィスを訪れたのは、二〇一一年三月十一日の昼過ぎでした。少し日差しが暖かくなりかけた、いつもと変わらない早春の午後、亮が訪ねると、資料の山に埋もれて雑然としたオフィスの奥のほうから、見慣れた人物がちょこんと顔を出しました。

「ああ先生、わざわざすみません。今、そっちに行きます」

亮は、青年に笑顔で答えました。

青年は、かつての教え子で、亮の勧めで金融業界に進んだ五十嵐丈二です。

結局は亮の誘いを断わった丈二は、その後、証券会社を退社して独立し、独自のファンドを立ち上げました。けれども、なかなか実績が安定せず、顧客離れを起こして四苦八苦しているのは、業界の風の噂で聞いていました。

精一杯、元気を振り絞っているようでしたが、やつれて憔悴《しょうすい》した面持ちから仕事がうまくいっていないことは一目でわかります。

気持ちばかりの身なりを整えた丈二に案内され、応接間に通された亮は挨拶もそこそこに、単刀直入で要件を切り出しました。

「どうだ、もう自己募集はあきらめて、俺のところに来ないか」

「お誘いはありがたいのですが、やっと初年度の決算を迎えるところで、ここからが勝負なのに今やめるわけにはいきませんよ」

「しかし、独立系ファンドはなかなか難しいぞ」

「おっしゃる通り、今は大手ファンドの代理店として何とか食いつないでいる状況です。でも自分で立ち上げたファンドで勝負したいんです」

「その気持ちは、よくわかる。ただな、はっきり言うと、お前のファンドはお利口すぎて面白みがないんだ」

「面白みがない、とはどういうことでしょう」

「確かに、よく考えられた組み合わせだ。分析もしっかりしているし、見通しも悪くない。でもいかにも優等生が考えたような、何というか夢とかロマンがないんだ」

「投資に、夢やロマンを求める先生の考え方はよくわかっているつもりです。でもオリジナルのファンドなんだし、まずは実績をあげるのが先じゃないかと」

「変わってないな、お前は。お前のファンドには、『これがしたい』っていう意志が感じられない。ただ儲かる投資先ならいくらでもある。客が選ぶのは投資効率じゃなく、ファンドマネージャーの強い意志であり、お前が思い描く夢やロマンに賭けたいんだ」

「お言葉ですが、先生……」

言いかけた時、突然めまいに襲われたような妙な感覚に気づきました。


「ん？　なんだ、地震か？」

亮も異変に気づいたようです。

間もなく、今まで感じたこともない激しい揺れが応接間を襲いました。

「でかいぞ！　これは、先生、壁から離れて！」

この時の揺れは、都内では「震度5強」とされましたが、実際の体感震度はその値をはるかに超えていたのです。高層建築の中では人が立っていられないほどの激しい揺れで、人々は首都直下型地震さえ想像したことでしょう。

しばらくして揺れが収まると、丈二と亮の二人は応接間を飛び出し、急いで事務所のテレビをつけました。画面はすぐさま臨時ニュースに切り替わり、東北から関東にかけて巨大地震が起きたことを知らせていました。後に東日本大震災と呼ばれるようになる未曾有の大災害の始まりだったのです。

亮と丈二は、食い入るようにニュース映像に見入っていました。

地震発生から時間が経つにつれ、刻々と新しい情報が伝わってきます。何が起こるのか、固唾《かたず》をのんで見守っていると、巨大なうねりとなった津波が沿岸部を浸食し始めました。津波はみるみる水位を上げて、画面の前で祈るような気持ちで見つめる多くの人々の思いを裏切り、逃げ惑う人や車を次々に飲み込んでいきます。

そのまま津波は沿岸の木々をなぎ倒し、畑をえぐって内陸に進み、やがて市街に達して家屋をものすごい勢いで押し流していきました。ついに水は建物をすっかり覆い、街が完全に水中へと没したのです。

すでにこの時点で、尋常ではない人的、物的被害が予想されました。

画面の奥から、人々の絶望とも怒りともとれない悲鳴が聞こえてくるようです。その様子を茫然と見守っていた丈二の心に、「どうしても行かなければ」という強迫観念のようなものがふつふつと湧き起こりました。

「五十嵐、俺はいったん事務所に戻る」

「ええ、それがいいと思います」

「マーケットがどうなるか心配だが」

「こういう大規模自然災害の時には下手に動かないほうがいいですね」

「その通りだな。お前はどうする、今日は泊まり込みか？」

「いいえ、東北に行こうと思います」

その言葉に亮は耳を疑いました。

「お前、正気か？」

「はい、どうしても行かなければならない気がするんです」

「お前が行って、何になる。警察か自衛隊に任せておけばいい。第一、たどり着けるかどうかもわからんぞ」

「ええ、でも行かなければならないんです。どうしても」

この時、丈二の心を激しい衝動が突き上げていました。

それは、言葉による理解を超えるものだったのです。

なぜだか丈二にもわかりませんが、東北の街が津波に飲み込まれる映像を見たら、とにかく自分はそこに行かなければならないという強い衝動が湧いてきて、抑えられなくなっていたのです。そこにはムー大陸が海に沈んだあの日、愛するターアを救えなかった悔悟の気持ちが根底にあったのでした。

「行って助けなければ。いや、たとえ誰も助けられなくても、この身が危険にさらされたとしても行かなければ」

丈二は動揺する社員たちに、てきぱきと指示を伝え後事を託すと、いてもたってもいられなくなりました。その夜、手あたり次第に積めるだけの物資をオートバイに積み込むと一人、東北に向けて出発したのです。


丈二が東京を出発し、宮城県あたりに着いた頃には、道に車はほとんど走っていませんでした。街灯はすべて消えていたので、暗闇の道をヘッドライトの明かりだけを頼りに、ひたすら北へ北へと向かいます。東北が近づくにつれて、ところどころに地割れが走り、アスファルトがめくれているのが見えました。そんな悪路に車輪をとられながらも、丈二は憑《つ》かれたように、ひたすらバイクを走らせたのです。

そうして震災翌日の早朝、丈二は何とか宮城県の石巻市にたどり着きました。

そこには、地震と津波で崩壊した石巻の街が広がっていました。その凄惨《せいさん》な光景を見た丈二は「この光景をはるか昔に俺は見ている」と直感的に感じていたのです。

失いかけた古い記憶を必死で探るものの、どうしても薄ぼんやりとしたイメージしか浮かびません。気のせいだと思い直し、丈二は災害救援に向かいました。

それから数日後、災害本部にたどり着いた丈二は、消防や警察および自衛隊などに交じって被災者の救出作業に汗を流していました。

その間にも、たびたびフラッシュバックに襲われます。

いつも舞台は決まって同じで、海に面してせり出した高台の上にいると、大地が崩壊するほどの激しい揺れが襲い、自分はその中で翻弄されている。そして隣には、とても大切な人がいて、自分はその人を助けようとするもののどうにもならない……。そんなイメージが、たびたび心に浮かぶのです。

最初は気のせいだと思ったものの、同じイメージを何度も何度も繰り返し見ているうちに、それは本当に起こったことだと思うようになりました。

やがて災害の発生から十日が経ち、生存者の捜索が打ち切られた頃、がむしゃらに救出活動に明け暮れた丈二に、いいようのない疲れが襲ってきました。

無理もありません。三月十一日の当日に東京を出発し、不眠のまま石巻までやって来て、そこからさらに十日間、ほとんど睡眠も取らずに、被災者の捜索に明け暮れていたのです。

自分でも異常ではないかと思えるほどのエネルギーがどこからか湧いてきて、文字通り血眼《ちまなこ》になって遭難者を探しました。水が引けて、がれきの山となった街の中をひたすら走りまわり、がれきを掘り起こしては、力の限り叫んだのです。

「誰かいないか！　何でもいいから音をたてろ！」

この間、丈二が救出に協力できたのは、ほんの数人でした。

亡くなったり、行方不明になった人々の膨大な数を前にすると、あまりに、はかないものがありました。とても充実感など得られるものではありません。やっと一人を救っても、それまでの間に、数限りない亡骸《なきがら》を目にしました。救えた人より、救えなかった膨大な人たちのことに思いを馳せるたびに、無力感が丈二の心を襲いました。

やがて生存者の捜索が打ち切られ、災害救助が避難所を中心とした被災者の救護へと切り替わる時に、丈二にも束の間の休息が与えられました。

けれども異常な興奮状態が続き、どうしても眠れない丈二は、ふと思い立って、海にせり出した高台に行ってみることにしたのです。

この十日間、繰り返し丈二の脳裏に浮かんでは消えたイメージ。丈二を突き動かしてきたその強烈なインパクトの正体を突き止めようとしました。

「ああ、そうだ、こんな感じの所だ」

岬に立った丈二は確信しました。

そこは、頭に浮かぶイメージにとても近い場所でした。何か大切な記憶をつかみかけた気がして、丈二はただ何時間も崖に立ち尽くしていたのです。

その後も丈二は、東京と石巻を往復して震災復興に飛びまわるうちに、あることを思いつきました。震災で被害を受けた企業や、壊滅状態からの再建を目指す企業のファンド、復興再生ファンドを立ち上げることです。

やがて石巻に移住し、地域に根差した復興に自分の半生をかける決意をしたのです。

「先生、やっと見つけました。私のやるべきことはこれだったんです。災害で被災した人たちの力になりたいんです。ですから申し訳ありませんが、先生のお力にはなれません」

電話口で、そう話す教え子に、亮は心からの声援を送りました。

「それでいいんだ。自分にできることを力の限りやりなさい」


安奈は大学を卒業したあと、父の会社にいったんは就職していましたが、やはりなかなか自分自身が居るという感じがしませんでした。そこで山口先輩に誘われて共同ではじめた、マクロビオティック「ＬＯＶＥ」の会社がようやく軌道に乗ってきたのです。

今ではビジネスパートナーとして毎日忙しい日々を送っています。都内のとある雑居ビルの本社オフィスで、二〇一一年三月十一日の昼過ぎをむかえていたのです。

都内も少し日差しが暖かくなりかけた、いつもと変わらない早春の午後、安奈は山口先輩に任されているレストラン部門「マクロン」二号店の出店について少人数ながら重役会議をしていたところなのです。

「アイ先輩、今度は自由が丘駅周辺を出店場所として考えています」

「安奈さん、私たちは共同経営者つまりビジネスパートナーよ、先輩はやめて！」

「すみません、山口先輩　以後気をつけます、ウフッ」

「そうね。和気あいあいとスムーズに行きましょう、津島パートナー。ウフッ」

みんなが笑っているその瞬間に、建物のビルがぐらりっと揺れたのです。

「揺れている……地震だわ！　キャー怖い！」

女子社員が叫びました、もう立っていることができないほどのとても強い揺れでした。

しばらくして揺れが収まると、急いでオフィスのテレビをつけました。画面はすぐさま臨時ニュースに切り替わり、東北から関東にかけて巨大地震が起きたことを知らせていました。

「えっ、仙台が大地震なの？」

安奈の母親は東北地方の宮城県仙台市の出身だったのです。そして、その仙台は安奈の一番大事大好きなおばあちゃんがすんでいるところでした。

「おばあちゃん……」

仙台のおばあちゃんこと山本富士子です。少しうす茶色でウェーブがかかった長い髪をしていて、ちょうど色白な肌にピッタリマッチしているかわいいらしいおばあちゃんです。いつも明るくて多くの孫たちをとても可愛がってくれます。まるで天使のような天真爛漫さがあるかのようです。特に安奈はおばあちゃんのお気に入りでした。

おばあちゃんは安奈の母方の祖母であり、前までは仙台市宮城野区の仙台球場近くの実家に一番下の叔父さん家族と暮らしていました。聖《きよし》叔父さんはビール会社に勤務していて仙台新港近くにあるランドマークみたいなビール工場の工場長をしています。

ちょっと実家が手狭になったため、数年前から同じ宮城野区内の海岸沿いに新しい家を新築したのです。元の実家から数キロはなれていますが仙石線や東北本線も以前同様使えますし、車に便利な高速道路ＩＣ（インターチェンジ）もすぐ近くにあります。

また数年後には市営地下鉄の路線と新駅ができ交通のアクセスもとっても便利なところです。これらとあわせてとても有名な大きなMアウトレットもでき、市内でも賑やかな場所になっていて今後発展しそうな地域だったのです。

「おばあちゃん、絶対死なないでね……ずっと祈っているから……」

いつもいつもやさしく幼い安奈に神様のお話をしてくれた仙台のおばあちゃん。

安奈ちゃん、神様はね、ずっとずっと無限のかなたから永遠の未来まで存在しているの。そして、あるとき神様は「ハッ」と自分自身（自我）に気づかれたの。そう今から約数千億年前のことだったのよ。

神様は「私は何だろう」と思ったのよ。そうして自分自身を知りたいがために、もう一人の自分を作られました。それがサブの神様なのです。

メインの神様は自分自身を知りたいがために、サブの神様とお話をしたり、いろいろなことをしていました。そう相手を知ることが自分自身を知ることになり、それが「愛」だとわかったのです。つまり本来の「愛」は「慈愛」なのですよ。

段々ともっと深く「愛」について知りたくなったの。このことは「愛・調和・感謝そして笑い」となっていったのですよ。続いてメインの神様は何かを思いつきました。そしてメインの神様は二つに分かれて合計三人の神様になったの。それはのちのちに「無数の魂」を作りみんなでいろいろな経験および体験をして愛を学ぶためなのです。

そうして再び多くの体験・経験をしたあとに皆の魂がまた神様と一体化するのですよ。

お互いに自分自身を知ろう……そしてその場所として大宇宙を創造されたのでした。

最初の愛は、自分そして相手をただ知るだけだったのです。でもそれでは何もないから、変化がないからということで、次に生成流転することを仕組みとして宇宙（大宇宙の一部「宇宙球」のこと）をつくられました。神様の多くの自分自身つまり分霊・魂がそこで愛を知るためだったのです。いろんな経験をしてより深く自分を知るためだったのよ。

人間の魂はしかしながらなかなか「愛」をわからなかったようです。①黙っているだけで・存在しているだけでわかり合える愛と、②教え諭してわかり合える愛と、③厳しい強制力をもってして、ようやくわかり合える愛とが出てきたのですよ。

このため愛には「試練」が必要になってきました。そうなのです、「愛・調和・感謝そして笑い」を深くわかってもらうための「魂の勉強・修行道場」が必要になったの。

その場所として選ばれ、つくられたのが「天の河（銀河系星雲）」のひとつである太陽系なの。その中でも一番美しい自然環境である惑星・地球に私たち「魂」が来たんですよ。

そうして神の分霊である私たち「魂」は、ちょっと重たくて不自由な修行衣・服である「肉体」を持って生まれ、何度でも何度でも、ひとつずつ愛の大切さを学んでステップアップしていくのよ。

「魂」は愛についてひとつずつ学んでいくたびに重い肉体を脱ぎ捨てて、現世〜幽界〜霊界へと移り変わっていくのよ。そうして再び次の「愛」の段階を学ぶために生まれ変わってくるの。それを次から次へと移り変わって、最終的に本当の意味における神々の世界へと進むのよ。

…だから安奈ちゃん、「死ぬ」ことなんて怖くないの、魂は永遠の命なんだからね。単に勉強の段階に応じて洋服つまり肉体を変えるだけのものなのですよ。

……だから、もしおばあちゃんが死んだとしても、安奈ちゃんだけは本当のことをわかってね。

……とってもかわいい安奈ちゃん……。

安奈の大きくつぶらな瞳から、涙がいくすじも流れ落ちたのでした。

## 第四節　時空を超えた愛の証

震災から二年が過ぎようとしている二〇一三年の初め、安奈は久しぶりに帰国した里沙と再会していました。そして、隣には明もいます。

「仙台に行くことになったんだって」

「そうなの、今度、仙台にお店を出すことになって、それで開店準備から店が軌道に乗るまで私が行くことになって」

「アイさんの発案?」

　安奈が、高校の英会話クラブからの先輩で、食品メーカー勤務を経て料理教室とレストランを開業した山口アイの手伝いをするようになって数年が経っていました。

　いまはアイのもとで、料理研究家・レストラン経営者としての修業に励む毎日です。その中で今度、仙台に支店を出す話が持ち上がったのです。

「ううん、アイさんじゃなくて……」

　安奈はそれ以上は何も言わず、里沙の隣に座っている明を無言で指さしました。

「あんたが?」

　里沙はなぜか怪訝《けげん》な表情です。

「そうだよ。向こうの震災復興ファンドが手掛けているホテル事業があって、そこにうちの会社が出資してるの。それで山口さんにプロデュースしてもらって、料理教室とレストラン事業をやってもらえないかってお願いしたわけ」

「金の亡者のあんたが、復興事業なんて殊勝なことをするようになったとはね」

「金の亡者とは失礼な。これでも世のため人のため、ちっとは考えてるんだぜ、なあ安奈ちゃん」

「実は、その復興ファンドっていうのを、丈二君がやってるんだけどね」

　二人のやりとりを楽しそうに眺めていた安奈が、真相をばらしてしまいました。

「なんだ、そういうことか」

「まあ、直接はあいつから頼まれたんだけど、俺としては趣旨に賛同してだな」

「はいはい。ところで安奈、ということは、向こうでまた丈二さんと一緒になるわけ?」

里沙は、意味深な表情で安奈に聞きました。

「一緒って、いやだわ、確かに丈二君は宮城・石巻にいるみたいだけど、たぶん会うこともほとんどないと思うよ」

「でも、いい機会だし旧交を温めたら?」

「そんな、付き合っていたのはもう十年以上も前のことだし、いまさら……」

「その十年以上、ずっと彼のことが忘れられなかったんじゃないの?」

里沙は安奈の言葉をさえぎって言いきりました。

図星でした。


丈二と別れてから安奈は、彼のことを忘れようと努めてきました。

他の男性とも付き合ってみましたが、結局は彼と比べてしまいます。どうしても丈二を忘れられない自分を見つけるだけでした。

それが嫌で、ここ最近は恋愛からも遠ざかっていたのです。

もし彼とやり直せたら、正直、そんな気持ちが何度よぎったかしれません。

それでも安奈はためらっていたのです。

「でも、いまさら。だいたい彼だってもうそんなつもりはないでしょう」

「どうなの、明?」

いつもは調子のいい明でしたが、やおら真剣な表情で安奈に言いました。

「あいつは今でも安奈ちゃんのことを思っているぜ」

「そんな、高校生の頃の話よ。もうお互い大人だし」

明は大げさに首を横に振りました。

「いーや。あいつはあの時、『俺の気持ちは絶対に変わらない』と言ったんだ。あいつがそう言ったら、そうなんだ」

「ずいぶん自信あるわね」

「悪いが丈二に関しちゃ、俺は安奈ちゃんより付き合い長いんだぜ。優柔不断なやつだがこうと決めたら絶対に変えない。基本的には一途なやつなんだ。だから今も一人でいる」

安奈はそれ以上何も言えなくなり、空になって氷だけがカラカラ音をたてるグラスを、ストローでいつまでもコロコロ回していました。


いったん、まったく別々の道を歩み始めた丈二と安奈でしたが、運命の糸は再び二人を引き寄せます。それを、愛の力というのかもしれません。

用意された試練に対して、どう受け止め、どう行動するかによって、結果は大きく変わります。はじめの試練では、二人の決断は食い違いました。素直に愛の力を信じることができず、二人の気持ちを分かつことになったのです。その後も二人の人生は絡み合い、何度もやり直すチャンスを与えられたものの、それをつかむことはできませんでした。

素直な愛を阻む捉われの心によって、いったんは別々の人生に向かって歩み始め、そのままでは生涯、交わることのなかった二人でしたが、迷いから覚め、自らの使命に対し素直に目を向けるようになったことで、再び愛の力が発動したのです。

とまどう気持ちに揺れていた安奈でしたが、宮城に着くとやはり、丈二に会ってみたくなりました。そしてその前に仙台市にある祖母の墓前へ行ったのです。

安奈のおばあちゃんは二年が過ぎようとしている今も行方不明者のままでした。叔父さん家族はおばあちゃんを除いて全員助かったのですが、たまたま大地震があった時に一階にいたおばあちゃんは家ごとすべてが津波で流されてしまったのです。ちょうどその辺りは仙台高速道の東側地域で大規模アウトレットを含めてほとんど無人状態となり、反対に仙台高速道西側は浸水だけで人的被害なしという被害の格差にもなっているところだったのです。

聖叔父さんは海岸近くのビール工場にいたのですが、何とか避難できましたし、おばさんと従兄弟もそれぞれ仙台駅近くの仕事場へ行って不在だったのです。

安奈は、亡くなったと思われ葬式も終わってしまったのに遺骨のない墓の前に来ていました。亡くなったおばあちゃんの墓は、宮城野区SI学園近くのお寺の境内にありました。

安奈は亡くなった仙台のおばあちゃんの墓前で手を合わせ目を閉じたのでした。

するとどことからでもなく、とても懐かしいおばあちゃんの声が聞こえてきたのです。

「……アンナちゃん……、安奈ちゃん、おばあちゃんは大丈夫よ」

「えっ、おばあちゃんなの？」

「そう今、ちゃんと天国にいるんだから……安心してね」

「ホント……よかったわ、安奈もずっとおばあちゃんのこと心配していたの」

「それより安奈ちゃん、何を迷っているの？」

「えっ、……そんなことないわ」

「あなたのツインソウルが……そう、丈二君が待っているのよ」

「ツインソウル？……丈二君？」

「安奈ちゃん、もっと素直になりなさい……今が一番大切な時なの」

「おばあちゃんは、ずっとずっと安奈の味方であり、見守っているわ……勇気を出して……」

「待って……待って、おばあちゃん！」

「もっと何かを教えて……安奈に教えて……」


安奈は仙台から石巻の丈二の会社近くまでやってきていました。何かに惹《ひ》かれるように。はたして明の言うことが本当なのかどうか、わかりません。でも、いつまでもこんな気持ちを抱えたままではいられない。結局いつまでも彼のことを忘れられない自分に、そろそろ決着をつけなければならない。安奈は心を決めて、丈二を訪ねました。オフィスを訪れると、丈二は近くの岬に行っているといいます。

「気晴らししたくなると、よく行くんですよ。かまいませんから訪ねて行ってください。津島さんが来られることは伝えてありますので」

事務員に促されるまま、安奈は岬に出かけた丈二を追いかけることにしました。教えられた道順を行くと、小高い丘の上に人影があります。丈二のようでした。震災でも倒れなかった林を抜けて丘の上に出ると、そこには丈二が海を見下ろすように立っていました。安奈は無言のまま近づいていきます。

ふと前を向くと、丘の先に広がる海の景色が見えました。とたんに、あたりの空気が一変し、温かな柔らかい風に包まれている気がします。

意識が一瞬遠のき、ふと遠い昔の記憶が呼び覚まされたようでした。

「自分は昔、こんな景色を見ていたことがある」

そんな不思議な感覚に捉われ、安奈は無意識のうちに、丈二と並ぶように丘の上に立ちました。その気配に振り向いた丈二も、茫然と海を見つめる安奈の姿に気づきました。

その様子がとても気になったので、「おい、どうした、安奈」と駆け寄ろうとした瞬間、低い地鳴りがして、大地がガタガタと揺れ始めました。

ごく小さな地震でしたが、丈二は本能的に安奈に駆け寄り、その身体をしっかり抱きとめました。すると安奈も、とまどいもせず丈二にすがりついたのです。

その瞬間、丈二の目に、あのイメージが浮かびました。それも、これまでとは比較にならないぐらい鮮明なイメージが、まるで今、目の前で展開されているかのごとく、ありありと浮かんだのです。

「ああ、そうだ、あの時、隣にいたのも安奈だった」

「その時は、確かターアという名前だった。今より少し若かったし顔立ちも違うけれど、でも安奈は間違いなく、あのターアなんだ」

安奈を見ると、同様にとても穏やかで、そして満ち足りた表情で丈二のことを見つめています。

安奈も、同じイメージを見ていたのでした。

「安奈、やっとわかったよ、僕たちはツインソウルだったんだ」

丈二と安奈は、お互いの身体を労《いた》わるように、力強く抱き合いました。

「ええ、私もやっとわかったわ。今日こうして出会うために私たちは生まれてきたのね」

「そうだね、それにしても長い旅だった」

「そうね、長いような短いような、不思議な気持ちね。ああ何でしょう、この幸せな気持ち、どう言ったらいいのかしら」

「何も言わなくていいさ、もう僕らを分かつものは何もないんだ」

二人はいつまでも互いに抱き合いながら、静かに打ち寄せる波を見つめていました。

# エピローグ

「おめでとう!!」

ピンク色がとても眩しく美しいほどの桜が満開となっているここ宮城県石巻の牡鹿《おが》半島にある教会で大きな声が響いたのです。ちょうど再会してからわずか一か月後のことでした。

あまりもの急激な展開に周りのみんなが驚いたのですが、それ以上に丈二と安奈の二人が狐にだまされたかのように信じられなかったのです。それでも絶対的なツインソウルのことを知ったから一切迷うことなどなかったのです。そして「おめでとう」という言葉こそ、これから新たな人生の門出に立つ若い二人に対する精一杯の声援の数々鳴り響く最初の一声だったのです。

するとと続いて荒々しいけど温かみのある男性の声が次々と鳴り響いたのです。

「丈二、おめでとう」

「おめでとう……本当におめでとう」

「幸せになれよ、丈二」

「もう二度と離れるなよ」

「頑張れよ、本当の幸せをつかめ!」

「うまくやったな、今畜生!……絶対安奈ちゃんを幸せにしてやれよ! 二度と手放すな!」

その中には単なる声援だけではなく半分冗談交じりのものも含んでいました。

そしてそれに続くかのように女性の声も続いたのです。

「おめでとう、安奈ちゃん！　最高にきれいよ！」

「安奈、本当におめでとう」

「とってもカワイイわよ、安奈」

「おめでとう、おめでとう。最高に素敵よ」

「絶対に別かれちゃだめよ、安奈！　わかった」

「世界一素敵よ、ア・ン・ナ」

そこはあまりにもの、つまり世界最高のベストカップルの誕生であり、うれしさあるいは幸せのオーラ以上の絶対的なというほどの「愛に満ち溢れる幸福感」に包まれていたのです。

ちょっと短めにセットしている髪を右手でかきわけながら丈二は、満面の笑顔で応えていきます。

「ありがとうございます、本当にありがとうございます」

「ありがとう、みんな、絶対に安奈を幸せにするよ、もう離さない」

「ありがとう、本当に最高だよ」

「みんなに教えてもらった最高な女性だよ」

真っ白で端正なタキシードをほとんどもうしわくちゃにしながら周りの友達などから祝福されています。それは本当の友達である「ベストフレンド」そのもののようです。

そうなのです。その周りにいる人たちは今から約一万三千年以上も前からのムー大陸の思い出を

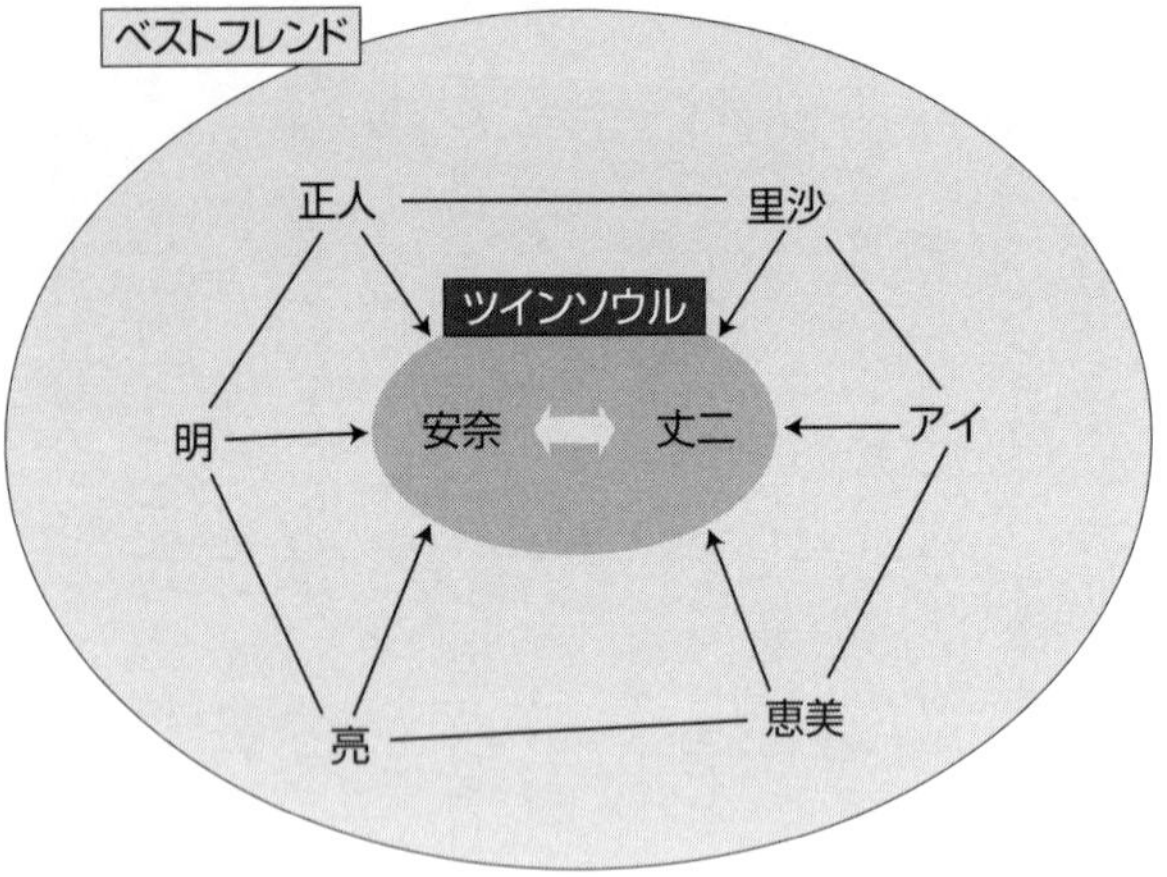


共有しているソウルメイトなのです。そして当然のようにベストフレンドがいるのです。

その「ベストフレンド」とは、最初に「榊原亮ことハード・アルベルト・アントニオ」であり、次に「立川正人ことハージ・ヨハネス・ジャン」であり、最後に「藤ヶ崎明ことハーベ・ベントニウス・ベルナール」なのです。

また女性のベストフレンドもいます。まずは「立川恵美ことヒス・アテナ・マリア」であり、さらに「山口アイことヒミ・クラックス（ただし男性）・エレーヌ」であり、そうして「秋川里沙ことヒナ・ルナ・カトリーヌ」であるということだったのでした。

さらにその丈二に寄り添い、もう二度と離すことがないかのようにしっかりと腕を組んでいるとてもきれいな安奈がいます。春の日差しの暖かく時には眩《まぶ》しく光り輝くその中でとてもきらきらと光っている美しい亜麻色の髪をなびかせています。

優しく身体を包んでいるのは、純白よりほんのりと桜色したオープンなウェディングドレスであり、否がおうにもその美しさ可愛いらしさを表現しているのです。

　そしてそこでは津島安奈（ツシマアンナ）のいつも色白できれいな肌がさらに身体の内側から白く光り輝いているかのように……まるで日本神話の『古事記』に出てくる「衣通姫ソトオリヒメ」、別名「弟姫オトヒメ」・「玉津島姫タマツシマヒメ」みたいにその美しすぎる肌が衣服を通り越して現れ出てくるような感じです。

　あるいはまた『古事記』や『日本書紀』の中で一・二位をあらそう美人・美女の女神とされている「市寸島比売イチキシマヒメ」、別名「奥津島比売オクツシマヒメ」……さらには日本版「美の女神・ヴィーナス」であるかのように見えてしかたがないのです。

　それは単なる地上界の結婚式というより霊界の結婚式の雰囲気でもあり、まさにツインソウルそのものがひとつソウル（魂）となるものといえるでしょう。そしてこのことは「輪廻転生」という魂の勉強・修行を終えて解脱《げだつ》し涅槃《ねはん》へ行くことを意味しています。涅槃とは六次元以上の仏界・神界であり守護霊とか指導霊とか天使や八百万《やおよろず》の神々などとなるべき人たちが住む世界なのです。

　二〇一三年三月十一日……ちょうどそれは東日本大震災から二年日にあたる「日」だったのです。つまり、二人が再会したのは、丈二と安奈のツインソウルがひとつになった日なのです。

　いまだもって復興の作業が終わっていない東北仙台や石巻地方ですが、マリーンブルーの海が壮大なパノラマのように広がっている風景はどこか似ている感じがしました。

そしてこの「風景」こそが丈二と安奈にとっての「原風景」だったのかもしれない「ムー大陸」の風景そのものであると思われたのです。

今回この丈二と安奈の二人にとって「ムー大陸」沈没という試練の始まりは、いささか厳しいものであったのかもしれません。そうしてこの二人がツインソウルということに気づくのが確かに約一万三千年を費やすというとてつもなく長い時間であっのかもしれません。

それでも「涅槃《ねはん》」の地へ行くということ、つまり輪廻転生を終えるということは本当に「魂」にとって喜ばしいことなのです。当然霊界の案内人であるアリエールも祝っています。

霊界というか今回の丈二と安奈のツインソウルを「輪廻転生」という魂の勉強および修行について具体的にサポート・指導してくれたのは自称管理人といっていたアリエールだったのです。たしかに天使の一人としてアリエールという方は神界・天界に存在しています。ところが私光明が聞いたところ「天使アリエール」は通常の天使たちがおられる第七次元ではなく実体としては大天使ウリエル様でした。そうです、以前の本の中でも何回となく登場していただいていますところの大天使ウリエルその本人でした。

このたびもう一度ツインソウルとか輪廻転生などの具体的な説明をしていただいたため、紹介していきたいと思います。

**「大天使ウリエル」によるツインソウルなどの説明**

Ⅰ　「ツインソウル」とは？　英語でいう意味、即ち直訳すると「双子の魂」ということです。つまりもともとは一つの魂だったものが二つに分かれて輪廻転生というスパイラルから脱していくためになる「一種の形態」ともいうべきものです。通常仏教的にいうところの「解脱《げだつ》して涅槃に入る」ということになります。

具体的には「現世」である第三次元から「幽界」である第四次元を経由して一般的にいわれている「霊界」第五次元の世界へと人間の魂が移り変わっていくことを「輪廻転生」といいます。そしてこの世界・霊界をスパイラル回転している魂が涅槃である天界の第六次元以上へ移行することを表しています。

霊界の最上階における霊同士の結婚式つまり天上界に行くことに似ていますが、このツインソウルの場合は直接天界へと行くことが可能です。

人数的には本人と相手の二人だけです。

Ⅱ　「ベストフレンド」　真の魂友《たまとも》あるいは本当に仲のよい仲間同士の魂ということになります。人数は七〜八人です。ここではおもしろいことに魂の試練のために必要な「敵役《かたきやく》」もこの中に入ります。

◎　一般的な解釈においては「準ツインソウル」と呼んでもいいものと考えられます。

## 「輪廻転生」の目的とは？

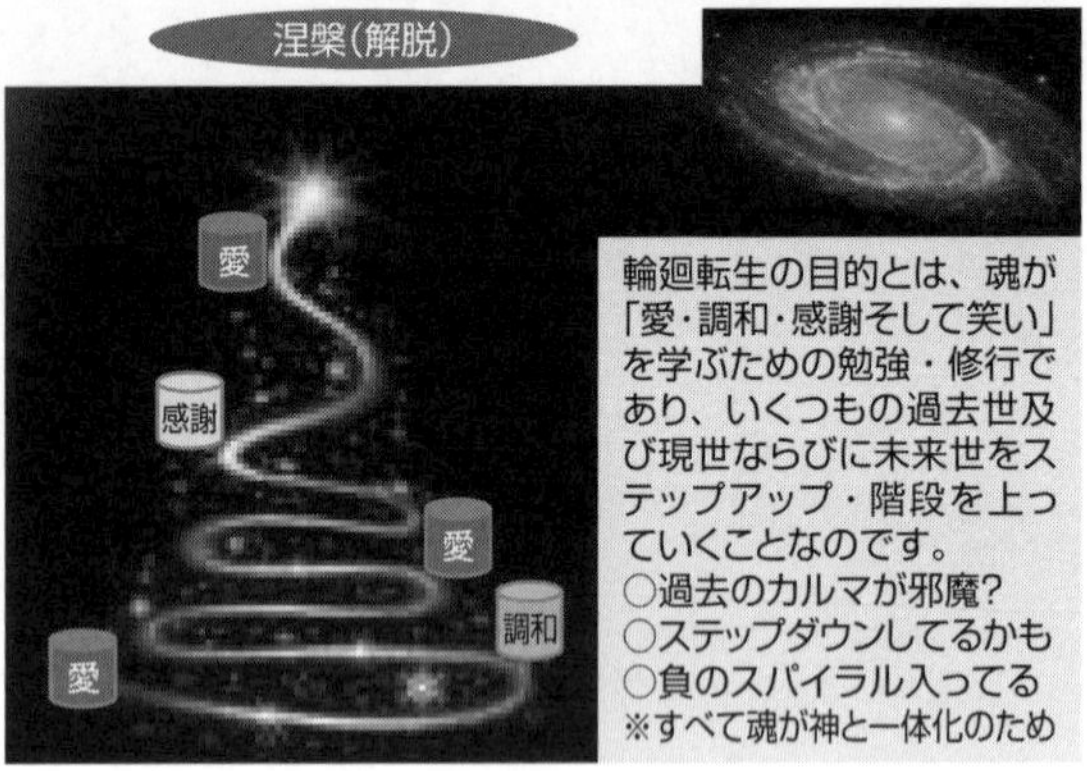
涅槃（解脱）
愛
感謝
愛
調和
愛
輪廻転生の目的とは、魂が「愛・調和・感謝そして笑い」を学ぶための勉強・修行であり、いくつもの過去世及び現世ならびに未来世をステップアップ・階段を上っていくことなのです。
○過去のカルマが邪魔?
○ステップダウンしてるかも
○負のスパイラル入ってる
※すべて魂が神と一体化のため

Ⅲ「ソウルメイト」　いわゆる普通の魂友ということになります。現世における魂の勉強および修行を一緒にする仲間・友達ということになります。イメージ的にいいますと、人生という勉強または修行をしているクラスメイトという感じになります。

そしてそのクラスでいろいろな文化祭の劇やドラマをお互いにしているということになります。そこではいろいろなドラマの配役・キャストに基づき交互に主人公をやったり、脇役などを演じているようなものです。

人数は約三二人です。魂の学校・学級における定員数なのです。

※※※　ここまでのレベルがいわゆる「真の夫婦関係」などとなります。　※※※※

Ⅳ「フレンド」　一般的な友達や仲間の魂です。イメージ的には仕事など会社の同僚や趣味の仲間や親戚などが該当します。

人数は約一〇〇人です。

Ⅴ「アナザー」　他人の魂です。いわゆる「袖擦れ合うも他生の縁」という感じです。イメージ的には本人が居住する地域社会とかもう少し大きくなると人口の少ないといわれる小規模な国家国民などが該当します。

人数は数万人から数千万人です。

Ⅵ「ストレンジャー」　「赤の他人」という魂です。この場合のイメージは、同時代の世界または地球に存在している、時間を共有している人々全員ということになります。

人数は数億人〜数十億人です。

**ツインソウルなどの一般的事項として**

①「ツイン」という言葉で一番身近なのは、双子の兄弟という意味の「ツイン」です。今現在の日本においてはほとんど日本語の中に取り入れられています。同じ親から同じ日に生まれる特別な兄弟姉妹です。一卵性の場合は男同士、あるいは、二卵性の場合は、男女のときもあります。「ツインソウル」も「ツイン」という言葉がついているので「双子の魂」ととらえることもありますが、「もう一人の自分」という表現をしてもいいかもしれません。

双子のような魂で、もう一人の自分のような人が「ツインソウル」です。

② ツインソウルと交流することで、まるで「合わせ鏡」のように自分をきちんと見つめることができます。自分を深く知る、素晴らしいチャンスといえるのです。

本当の自分がどんな存在なのか、どんなエネルギーを持っているのかを感じてみることです。その発見や気づきで、さらに新しい人生の展開を体験できるかもしれません。特に、人生が大きく変わろうとする転機には、大切な気づきがもたらされると思います。

お互いに、それぞれの変化を感じやすいので、すばやく察知して、電話やメールが届いたり、ふと相手の笑顔が浮かんだりするかもしれません。

③ お互いに「ツインソウル」が出逢った時に「ハッ」とするような驚きと、安堵感と、嬉しさがこみ上げてきます。「生きていてよかった、この出逢いを心の底から本当に待っていた」と心から思えてきます。

そしてなぜか一度出会ってしまうと、その快感・心地よさが忘れられなくて、ずっといっしょにいたくなります。ずっと何時間も電話をしていても飽きないようなそんな相手です。自然体の自分を気持ちよく出せて、とても楽に感じられます。

出会う前に、よく出かけていた場所が同じだったり、どこかですれ違っていたかもしれない偶然が何回もあったりすると、ツインソウルの可能性があります。

「ツインソウル」の場合、偶然の一致、シンクロニシティ（同時性）が多いのが特徴となっているのです。お互いに共鳴、共感するので、どちらかが体調を崩すともう一方も、離れていても同じ時期に体調を崩したりすることがあります。過去世で、何度もいっしょだったことがある、濃い縁の場合も「ツインソウル」の可能性が高いと考えられます。

④「ソウル」は英語で「魂」ということの意味です。「メイト」も英語で「クラスメイト」や「ルームメイト」などと同じ「友達」の意味になります。

魂は、いろんなところを旅しながら、生き続けています。今、私たちは愛の星・地球で生まれ変わりを何度も繰り返しながら「愛・調和・感謝、そして笑いの表現」を学んでいる最中なのです。特に「愛の表現」は、もちろん人間関係の中で培われます。

夫婦、親子、兄弟、友達、仕事関係、いろんな人間関係のパターンを体験しながら、言葉や顔の表現で自分の意思や感情を伝えることを毎日の中で繰り返しています。そこから「愛の表現」が磨かれているのです。

地球は、愛があふれたすばらしい星です。たくさんの命が、あふれる愛で、育まれてきました。それが証拠に、植物や動物などもあらゆる色合いでいろんな形をした「生き物」がとてもたくさんの命を輝かせています。

当然のように私たち人間もその仲間に入っているのです。愛の星・地球で「たくさんの生まれ変わり」を体験しながら「愛の表現」が少しずつ上手になってきました（…と思います）。

「えっ、生まれ変わり？」

「輪廻転生？」

とびっくりされた方は、よーく考えてみてください。たった一回生まれただけで、なかなか「愛・調和・感謝そして笑いの表現」をマスター・習得することは、たいへんむずかしいのです。だからこそ、何回でも頑張ってステップアップしているのです。

とにかく愛のレッスン・勉強や修行はいろいろあって、とても一回だけの人生では体験できないので繰り返すような「人生の仕組み」を選んでいるのです。それぞれの人生が男性だったり、女性だったり、住む場所や家族もいろいろ条件を選べてそれによってまた「愛・調和・感謝、そして笑いの表現」が違ったりします。

当然、環境や身分や性別が違っても「愛・調和・感謝の表現」は変わります。だからこそ、条件を変えていろんな愛などを体験しているのです。

それをいつも違うメンバーで体験するのは、これまた慣れるだけで時間をとってしまうので、なじみの魂とグループで体験することで、やりやすくなっています。

その「なじみの魂のグループ」が「ソウルグループ」で、そのメンバーが「ソウルメイト」や「ベストフレンド」などなのです。この「ソウルグループ」や「ソウルメイト」や「ベストフレンド」のシステムのおかげで、安心して楽に生まれ変わりを体験できるというわけなのです。

夫婦、兄弟、親子、友達、先生、同僚、上司など、いろんな人間関係があります。その中でとても濃くて深い交流をしている魂が「ソウルメイト」や「ベストフレンド」なのです。

まるで「人生という舞台」をソウルメイト同士が演じあって、いろんな「愛・調和・感謝の表現」をその舞台の上で味わっているかのようです。

いつも同じ役では、飽きてきます。違う役を体験してみたいので、夫婦役を入れ替わったり、親子の役も入れ替わってみたり、師と弟子も入れ替わってみたり、いろいろやっている旅芸人のような感じです。人生が物語または舞台だと思うと、人間関係でストレスを抱えている人もちょっとした思いようで、重い肩がとても軽くなってきます。

だから、あなたをいじめる役の人も実は、「ソウルメイト」特にかけがえのない「ベストフレンド」なのです。いじめる悪役大スターがいるおかげで、とても大切な体験ができるのです。愛の中で、一番難しいとされる、裏切られることによって生じる「許す愛（許愛）」です。

毎日、いろんな愛を言葉や態度で体験しています。相手が人間でない動物の場合も同じです。ペットを飼っている人は、ペットを相手に愛の表現をしています。それは子供がいない家庭では、大切な役なのです。ちゃんと話を聴いて大切な役をしてくれていると思います。

家族や仕事場で毎日顔を合わせているメンバーをもう一度、ここで思い出してみてください。みんな大切な今回の人生の舞台の「ソウルメイト」や「ベストフレンド」です。

⑤　今日はどんな愛の言葉をかけましたか？
「ありがとう！　うれしいわ！　あなたがいてくれてよかった！」
「君のおかげだよ！　いつもありがとう！」

「本当に、君の料理はいつも美味しいね！」

「あら、愛をいっぱい込めているからよ！　ひと味違うのは、私の愛の味よ！」

と、しっかり愛の味をアッピールしている方もいるかもしれません。

「ソウルメイト」に逢った時、初めて会うのに、よく知っている感じがします。懐かしい、うれしいという感情が出てきたら、過去世でもいっしょにいたことがあって、とてもいい関係だったのです。知っている気がするけれど、ちょっとかかわりたくない、と後ずさりする時は、過去世でもいっしょにいたけれど、あまりいい関係ではなかったと思います。自然に身体も反応するので、どんな関係だったかを自然に知ることができます。それでも過去世の反応に関係なく、愛・調和・感謝そして笑いの表現にチャレンジしてみましょう。


前と同じだったら、進歩がありません（と考えて見ましょう）。チャレンジするところに勇気と愛があふれてきて、その試練・壁などを乗り越えられた時に大きな人生の喜びがあります。

ソウルメイトそしてベストフレンドの中で、特別の仲良し、スペシャルな関係が「ツインソウル」なのです！

⑥　双子を分析するとそれが「ツインソウル」を理解するのに役立ちます。
Ⅰ：まったく同じ魂が二つに分かれて性格も似ているとお互いを感じる場合
Ⅱ：まるで違う性格で、お互いを補うあうような場合一卵性と二卵性では特徴が違いますが、とても似た部分を持っています。一卵性の双子の場合は、顔や体形もまったくいっしょで、親でも見分けがつかないほど似ている時があります。親は、つい同じ服を着せてしまうので、ますます見分けがつかなくなってしまいます。また、その現象を楽しんでしまうのです。子供の頃の写真を見て、自分たちもどちらが自分なのか見分けがつかないという双子の兄弟もいます。お互いにセンサーがとても敏感なので、相手に何か大きな変化があると察知します。助けあう仕組みが自然にできているのです。

これと同じように「ツインソウル」もエネルギーとして、まったく同じか、とても似ている場合が結構あります。

出会った時にとてもビックリして「もう一人の自分」に会ったかのような感覚があります。まるで「合わせ鏡」のようです。お互いに自分を発見するのに、とてもいいチャンスが来たという感じです。ほとんどの場合が異性ですが、同性の場合もあります。エネルギーとして、まったく同じように感じて、かなりの衝撃を受けると思います。

⑦「僕は（私は）、こんな体験をしたのよ！」

「僕も同じだ！」 あるいは 「私も同じよ！」

と、確認することで、お互いに自分がどんなエネルギーの状態かをチェックして、自分を知るというプロセスを味わうのです。

逆に、このプロセスがとても必要なベストタイミングに、同じエネルギーを持った「ツインソウル」に出会うような「人生の物語・シナリオ」を自分の魂がちゃんとセットしていると思います。

確かに人間の表面意識は、どんな「人生の物語・シナリオ」を書いてきたのかは、まったく記憶がないので、ひたすら驚いて不思議な体験をしながら意識が深まっていくことがとても多いようです。

⑧　ツインソウルはよく出会った時に守護霊などから「お互いの人生とってとても大切な相手」と告げられることがあります。そのような場合においては、その二人がいっしょにいることに対して、まわりからどんな反対があっても、めげずに乗り越えられるのです。

⑨　魂は、ツインソウルと出会い、ともに手を携えて何もまとわない透明なエッセンスの自分、魂の本質（愛・調和・感謝）を探すために輪廻転生を幾度となく繰り返し、時空の旅をしています。

魂の本質をクリアにし思い出すことは、心に深い癒しをもたらし本当の意味での人生のはじまりとなるでしょう。

そして、次元を超えた宇宙への扉を開き、永遠の命、永遠の愛へとつながっていきます。

⑩　ツインソウルは、たとえ離れている間が長くても、必ず覚えているという深いつながりをしみじみと感じます。これは、愛のエネルギーの特質なのかもしれません。きっとお互いの魂の成長のために、ベストタイミングに再会することが決まっていたのだと思います。また二人が再会して、

一つになる感動の体験をすると思います。

私たちは、霊界・神様からお借りしている身体の中に光（魂）を持っています。昔々、大きな光が分かれて、分光して、今の私たちがあるのです。分光した光がまた結合して一つの光になります。光が懐かしい光に再会して、さらに輝くために、光が自分の輝きに気づくための、長い思いでいっぱいの旅を続けています。光が光であることを知るために、光は二つになり、また一つになる。そしてまた二つにと、まるで光が点滅するように、夜の星空が輝くように、私たちも輝いているのだと思います。

⑪　ツインソウルとは、愛・調和・感謝そして笑いのすばらしさを表現する最も大切な一つのパターン・方法なのだと思います。
いろんな愛を体験するために、愛の表現を多様的にカラフルに演じるために、カラフルな物語・舞台を作っているのです。

その大切な物語・舞台を演じるのも、演出するのもあなた次第なのです。

一人芝居では寂しいので、一人が二人になって、ツインソウルを作ったのです。

今のあなたの舞台は、いかがですか？

夫婦で演じますか？　親子がいいですか？

好きなコースを選びます。何回でも、何度でも。

たくさんの愛の舞台が繰り広げられるのです。

人生のしくみは、とても深遠で、ロマンチックなのです。

⑫　私たちは、人生のハードル（試練・壁・幾多の障害など）を生まれる前に計画して、生まれてから運命のように感じながらそれを乗り越えてパワーアップ（ステップアップ）していきます。

自分に障害があって乗り越える場合、自分の子どもに障害があって、親としてそれを乗り越える場合、それぞれにハードルが高く、大変なチャレンジだと思います。

⑬　人生のしくみからの見方。

「ソウルメイト」よりも濃い関係の「ベストフレンド」や「ツインソウル」に出会うことは、生まれる前に自分の魂が書いてくる「人生の物語・シナリオ」の中にしっかりと組み込んでくるのです。また、なぜかとても絶妙なタイミングにツインソウルと出会うことがあるからです。まるで自分の魂からのメッセージのようにツインソウルから言われると魂にまで響いてきます。

魂からの直接のメッセージを「直感」などといいますが、直感のようにビビッと強く響いてきます。私たちは、同じメッセージでも、誰の口から伝えられるかで、受け取り方が変わってきます。嫌な人から、どんなすばらしいメッセージをもらっても信じることがむずかしいのです。ところが、好きな人から同じ内容のメッセージをもらうと、吸い取るように、すんなりと受け取れるのです。日常生活で感じたことがあると思います。

大切なメッセージを大切なツインソウルから聞くと、すっと心に、そして魂にまで届くのです。

これは不思議な真理です。そのために私たちの人生の舞台に大事なメッセンジャーとして登場してくるようになっています。人生の大きな転機の前、またはその時に出会うことが多いのです。

⑭ 今生（今回の現世）での役割が同じ時。

お互いに同じような役割であった時などは、とても大切なメッセージを伝えるようになっています。まだ自分の方向性、役割が見えていない時、躊躇している時に、背中をポンと押してくれるのです。必ずしも同じ役割を同じ場所でするとは限りません。

むしろ別の場所で、自分の持ち場を担当しているかのように分かれて活躍することが多いのかもしれません。人生のしくみに、大切なメッセンジャーとして登場するツインソウルが多いのです。ということは、メッセンジャーそのものよりは、伝えられるメッセージのほうが大切だということになります。大切なメッセージが届いたら、それで役割が終わってしまうのです。

誰よりも、自分の片割れのような安心できる存在のツインソウルから言われるとすっと信じて、心に深くしみこんでくるからです。あっという間に、人生の物語・舞台から姿を消してしまう「ツインソウル」ということもありうるわけです。「ハッ」とした方もいると思います。まるで、自問自答のようだったそうです。自分がやりたかった仕事について、躊躇《ちゅうちょ》していたモヤモヤが話しているうちに晴れてきたのです。

まるで、別世界や異次元からワープしてメッセージを伝えにきてくれたツインソウルのようです。人生のほんの一瞬の出会いであっても、とても大切な役割を持っているのです。

⑮「魂」は意識をもった光・波動。

私たち人間は、本質的に、意識、光、波動の存在であると考えられます。そしてそのことに気づいて目覚め始めると、一気に精神性が開いてくることがあるのです。

まるで思い出すかのように、気づきはじめると加速度的にいろんなことが始まります。大切な「気づき」に必要なヒントが書かれている本を読んだり、講演会やワークやセミナーに参加したりします。当然必要な時には、メッセージを伝えてくれる大切なツインソウルやソウルメイトに出会います。

⑯ 魂の存在（エネルギー的）とは？

人間がこの肉体だけの存在ではなくて、本当は、光であり、意識であり、エネルギーとしてのすばらしい存在であることに、みんなが気づく時が近づいてきたのです。

もしこのことが実現すると、たぶん昔分かれたと思える別々の光が……私たちの光という存在が、次第に統合されて大きな光になっていきます。そうして、もう一つの片割れのツインソウルと引き合って再会し強力なエネルギーパワーが強くなるでしょう。

**ツインソウルの特徴など**

① 会った時に、違和感がなく、とても安心と安らぎと懐かしさと、そしてさわやかな自然を感じ

ます。自分も自然体になれます。

② 初めてではない「再会」という言葉がピッタリの感覚があります。

③ ほとんどは異性ですが、たまに同性の場合もあります。

異性の場合は、恋愛や結婚に発展することがあります。すでに結婚している場合は、すてきな距離を保ちながら親友関係を続けるか、あるいは自然に離婚して結ばれることもあるようです。（これはそれぞれが自分たちで決めることです）。

同性の場合は、似たような仕事に従事していて、お互いに励ましあえる仲になることが多いようです。

④ お互いに魂の片割れのような感覚を持って、いっしょにいることで幸せいっぱいな気持ちになります。

⑤ 生きている意味、生きている幸せ、生きていてよかったと、生きていることをお互いに感謝できます。

⑥ 再会できた歓びを分かちあう話の中で、昔、住んでいた場所が同じだったり、旅で訪れたところがいっしょだったり、訪れる場所のシンクロ＝偶然の一致がやたらと多いことに気づきます。

⑦ 過去世で何度も同じ時代、同じ場所にいて、共通するものがあります。

⑧ 同じ空間が違って感じられます。イメージ的には、異次元にワープ、突然移動する体験もできるかもしれません。時間さえ、密度が変わって、二人だけの特別な時間の流れを感じます。いろんな意味で、自己変容が自然に起きてくるのです。

## 人間(魂)として

★　人間は国家や家庭環境の違いや経済状態の優劣(貧富の差)など、生まれた環境こそ不平等(平等ではない)であるが、人間は誰かれの差別なく平等に神の子として「魂」をいただき生まれてくるものです。これは障害者であっても同じなのです。

☆　人々がお互いに分かち合う根底には「笑い」の原点である「愛·調和·感謝」があるのです。

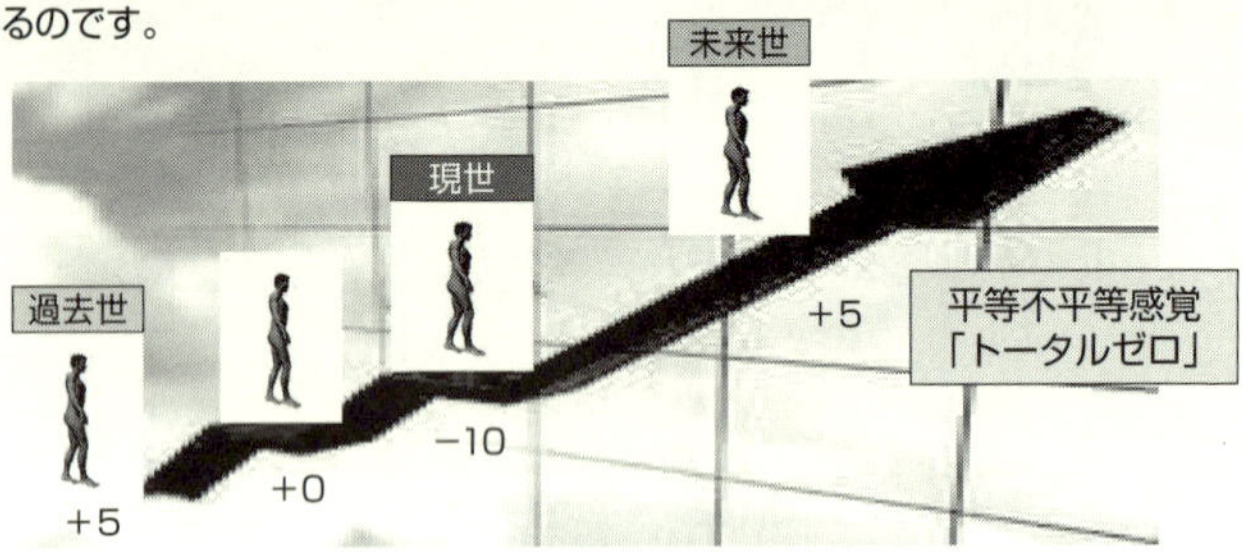


⑨　お互いが成長を助けあいます。

⑩　時々思い出して、意識レベルでの交流をしています。

だいぶ前というよりも今から約四十年前…一九七三年（昭和四十八年）頃に財津和夫さんなどのフォークソンググループ（チューリップ）のヒット作品で「心の旅」という音楽がありました。数々のヒット曲を出していましたので若い方でも知っておられる方も多いかと思います。「♪あーあ、だから今夜だけは、君（彼女）を抱いていたい♪～」という感じの文句・フレーズが出ていたと思います。そんな感じで本書を読んでいただく時に皆さんの情感で受け取ってほしいと思います。一緒に「旅をしたい・する」相手とともにいたいのです。

たしかに「魂」の勉強や修行においては数々の「試練」が待ち受けていることでしょう。だからこそ、いとしい人ともにその「試練」を乗りこえていきたいのです。そう、それこそが本来の「ツインソウル」であり、そして「輪廻《りんね》転生《てんしょう》」を最終的にクリアできることになるのです。

私たちは、ただ単につらくて厳しい修行だけでは乗り越えることは難しいかもしれません。だけども「試練」を乗り越えらないかぎり魂はさまよい続けることになってしまうのです。このためにもやはり大切な相手……特に「ツインソウル」が必要なのではないでしょうか。

本当の相手とは、苦しい時にはお互いの悲しみや苦しみを半減し、楽しい時にはお互いの嬉しさを二倍以上にしてくれるのです。

そして私たち人間の魂においては、本当の意味で「原罪」的なものは存在していないと私光明自身そう思っています。そう、神様にとって私たち人間の魂は「歓びの子」であり慈しみの対象そのものなのです。私光明はただ「愛・調和・感謝」だけではなく「…そして笑い」をも重視していきます。そう、喜びとは笑いなのですから……。

最後に今回の企画作成の段階から協力していただいた太田聡さんに感謝を申し上げたいと思います。また、本執筆の加筆修正の最終的段階において支援していただいたAさんにあわせて感謝したいと思います、皆さん本当にありがとうございました。

光明

●著者略歴

**光　明**（こうめい）

對州流手相占い観士。六輪光神霊師。幼いころから常識では考えられない現象に遭遇し続けたことから、長い間、その霊感能力を封印してきたが、10代半ばから20歳前後にかけて、触霊制限・霊視・遮断コントロールが可能となる。その頃から独学による手相・人相学の習得のほか、西洋占星術、四柱推命なども習得する。35歳の頃、偶然友人に霊視能力を知られたことをきっかけとして、現在では手相や人相だけでなく、必要に応じて対象者の過去世を霊視している。著書に『転生会議』『ムー帝国が日本人に伝えた謎を解く』（小社刊）などがある。

ツインソウルの旅

2013年８月15日　初版発行

著　者　光　明
発行者　唐津　隆
発行所　株式会社ビジネス社
〒162－0805　東京都新宿区矢来町114番地
神楽坂高橋ビル5F
電話　03－5227－1602　FAX 03－5227－1603
URL　http://www.business-sha.co.jp/

〈印刷・製本〉モリモト印刷株式会社
〈装丁〉中村　聡
〈編集〉本田朋子〈営業〉山口健志


ISBN978-4-8284-1721-9